Wenn Geschwister streiten
Von Rivalität und Eifersucht, zu Kooperation und Harmonie

Regina Gross

Regina Gross

# Wenn Geschwister streiten

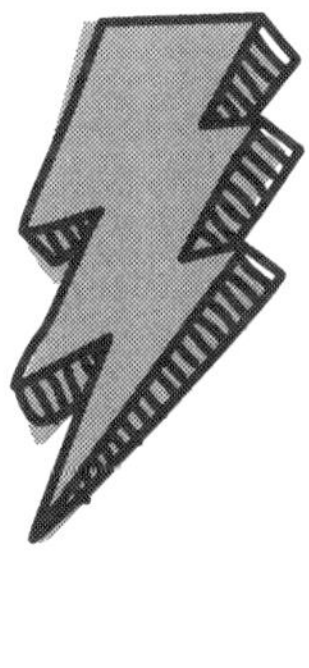

Von Rivalität und Eifersucht, zu Kooperation und Harmonie

# Inhaltsverzeichnis

## 6. Grundschulkinder können streiten



## 7. Streiten in der Pubertät

## 8. Konflikte erfolgreich beilegen

8.1 Kommunikation ist alles

8.2 Erziehung zur Friedfertigkeit, Erziehung zum erfolgreichen Streiten

8.3 Anleitung zur Wertschätzung

8.4 Gegenseitige Annahme

8.5 Prägungen gemeinsamer Kindheit

8.6 Wir sind Familie

8.7 Problemlösung ohne Sieger

8.8 Zuhören statt aufbrausen

8.9 Gibt es Effizienz in der Beziehungsarbeit?

8.10 Gemeinsam lösungsorientiert handeln

# Geschwisterstreit

Fliegen im Kinderzimmer die Fetzen, wird am Küchentisch um die Müslipackung gerauft und ist Türenschlagen an der Tagesordnung, stehen viele Eltern vor einem Rätsel: Wie konnte es soweit kommen? Wo ist er hin, der Traum von der glücklichen, harmonischen Familie? Wer hat wann was falsch gemacht?

Wenn Sie sich diese oder ähnliche Fragen stellen, sind Sie bereits auf dem richtigen Weg. Unsicherheit gehört bei der Kindererziehung dazu. Jede Generation steht vor aktuellen Herausforderungen und muss an diese ganz neu herangehen. Erziehung hängt von vielerlei Faktoren ab. Zeiten ändern sich und mit ihnen die Anforderungen an Familie und Erziehung. Es ist ein Abenteuer mit vielen Unbekannten und Sie befinden sich mittendrin. Da sind Fragen nicht nur erlaubt, sondern an der Tagesordnung. Gerade wenn aus einem Einzelkind Geschwister werden.

Doch Sie sind nicht allein. Erfahrungswerte sowie Erkenntnisse aus der Psychologie und den Erziehungswissenschaften helfen Ihnen, individuelle Lösungen zu finden – und diese brauchen Sie, denn es gibt kein Patentrezept. Jede Familie ist anders, jedes Kind ist etwas Besonderes, jede Geschwisterkonstellation hat ihre eigene Dynamik.

Geschwisterstreit lässt sich nicht vermeiden. Er gehört zum Aufwachsen dazu. Dennoch sollten Sie ihn im Blick haben. Nicht nur, damit beim Frühstück nichts zu Bruch geht, sondern um ein gesundes Aufwachsen aller Kinder zu gewährleisten und bewusst ein Familienleben zu gestalten, in dem sich alle wohl und aufgehoben fühlen.

Von vorgefertigten Vorstellungen und Visionen sollten Sie sich lieber befreien. Lassen Sie sich auf Ihre persönliche Realität ein und entdecken Sie durch achtsame Beobachtung das Spezifische, das Einzigartige Ihrer Familie als einen Schatz, den es zu würdigen und zu bewahren gilt. Jeder Einzelne hat seine eigene Persönlichkeit und seine Rechte. Zusammen bilden Sie ein Team und daran sollten Sie glauben und arbeiten. Entwickeln Sie gemeinsam Ihr Potenzial als Familie und betrachten Sie Streit unter Geschwistern als positiven Impuls, an dem alle wachsen können. Entdecken Sie die Kraft und die Energie, die in der Komplexität von Geschwisterbeziehungen und Ihrer Familie steckt. Das ist im Alltag zwar nicht immer leicht, schafft jedoch langfristig ein positives Familienklima und Freude am gemeinsamen Zusammenleben und Wachsen.

# 1. Geschwister

## 1.1. Familienplanung

Sind sie nicht wunderschön, die Bilder von Familien, die vor Glück strahlen? Zufriedene Kinder, wie die Orgelpfeifen aufgereiht, die freundlich miteinander umgehen, sich gegenseitig unterstützen, voneinander lernen... Welche Mutter wünscht sich nicht, das fröhliche Spiel ihrer Sprösslinge im Garten beobachten zu können? Welcher Vater wäre von einem harmonischen Miteinander nicht begeistert?

Das erste Kind ist stets ein großes Erlebnis. Es verändert einen, verwandelt das ganze Leben und macht aus dem unternehmungslustigen Paar eine kleine Familie. Manche wünschen sich von Anfang an eine große Familie, andere wollen kein Einzelkind, für die Nächsten kündigt sich noch einmal überraschend Nachwuchs an.

Doch mit dem ersten Kind haben Sie bereits gelernt, dass sich nicht alles planen lässt. Das sollten Sie sich auch dann vor Augen halten, wenn es um Geschwisterkinder geht. Den perfekten, „richtigen“ Abstand gibt es nicht. Stets gilt es, verschiedene Faktoren zu berücksichtigen, denn jede Familie ist individuell und wandelt sich in ihrer Dynamik. Das können Sie an sich als Paar beobachten, sowie an den wechselnden Stimmungen in der Familie spüren.

Frisch verliebt, hing der Himmel voller Geigen, jede Entfernung schmerzte, so manches Missverständnis musste aus dem Weg geräumt werden. Prüfungsstress, Jobwechsel, Wohnungssuche oder Hausbau wirken sich unterschiedlich auf Beziehungen aus. Die einen schweißt es fester zusammen, die anderen gehen sich in solchen Zeiten lieber aus dem Weg, oder ein Partner agiert für beide zusammen.

Auch mit Ihrem ersten Baby haben Sie Höhen und Tiefen erlebt. Schon vor der Geburt haben Sie begonnen, sich zu wandeln und viele neue Erfahrungen zu sammeln. Dann wurden Sie Eltern, und trotz aller theoretischen Vorbereitungen war so manche Überraschung unvermeidbar. Ihr Kind wird Sie immer wieder vor Fragen stellen und verblüffen. Doch jeder hat seine individuellen Vorstellungen, Träume und Erwartungen, und je flexibler man agiert, desto besser kann man mit der Realität umgehen.

Für manche Familien mag es ideal sein, wenn die Kinder in anderthalbjährigem Abstand geboren werden. Dahinter verbirgt sich meist der Gedanke und Wunsch, dass die Kinder gemeinsam spielen, zusammen in Kindergarten und Schule gehen und ihre Kindheit miteinander erleben. Gleichzeitig wird diese Phase in der eigenen Biografie für die Kinder reserviert.

Andere planen einen größeren Abstand, um sich dem einzelnen Kind bewusster widmen zu können und bereits eine Generationenfolge herzustellen, in der das ältere Kind als großer Bruder oder große Schwester bewusst seinen bzw. ihren Platz einnimmt und dem jüngeren ein Vorbild ist und ihm hilft.

Bei all diesen idealisierten Vorstellungen sollte man vorsichtig sein, denn sie basieren auf Spekulationen. Die Realität kann eine vollkommen andere sein und niemand weiß, wie die Zukunft sich gestaltet. Einerseits gilt es externe Faktoren zu berücksichtigen, die schnell umschlagen können: Was, wenn einen ein Jobangebot ins Ausland führt? Wie sieht es mit der Wohnsituation aus? Wie geht man als Familie damit um, wenn sich die finanziellen Rahmenbedingungen ändern? Andererseits sind interne Faktoren vielleicht noch weniger zu beeinflussen. Niemand kann genau sagen, wie das erste Kind auf den Nachwuchs reagieren wird, welche Charakterzüge das zweite Kind prägen, ob sich die Geschwister verstehen werden... Das Bild der harmonisch spielenden Kinder im Garten ist eben nur ein Bild – eine schöne Idee, deren Umsetzung jedoch ganz andere Akzente aufweisen kann.

## 1.2 Wir werden mehr

Geplant oder ungeplant: Ein Baby kündigt sich an! Für die Kleinfamilie aus Mutter, Vater, Kind bedeutet das eine Umstellung. Neun Monate sind schnell vorbei und werden nun nicht mehr nur von einem Paar durchlebt, sondern zusammen mit dem ältesten Kind. Verspüren Sie den Wunsch nach einem zweiten Kind schon längere Zeit, werden Sie Ihr erstes Kind sicher darauf eingestimmt haben.

Da gibt es die Begegnung mit anderen Familien, in denen mehrere Kinder aufwachsen: Das Nachbarskind bekommt ein Brüderchen, bei Bekannten und Verwandten werden Babys geboren. Wer mit Interesse und Freude auf andere zugeht, sollte sein eigenes Kind daran teilhaben lassen. Kinder spüren die liebevolle Zuwendung und werden selbst mit positiven Gefühlen auf ein Baby reagieren. Doch verlieren Sie eins nicht aus den Augen: Das Geschwisterkind der Nachbarn gehört nicht direkt zu Ihrer eigenen Familie! Selbst wenn Sie ab und an auf das Nachbarsbaby, das Kind Ihrer Schwester oder einer Freundin aufpassen, weiß Ihr eigenes Kind ganz genau, dass dieses Baby wieder geht. Ein eigenes Geschwisterkind kommt jedoch, um zu bleiben!

Unterschätzen Sie auch den Grad der individuellen Sympathie nicht. Manche Kinder freunden sich sofort an, andere gehen auf Distanz oder können sich einfach nicht leiden. Wenn ein Dreijähriger freundlich zum Baby seiner Tante ist, lässt das zwar eine positive Prognose für den Umgang mit dem kommenden Geschwisterkind zu, es bedeutet jedoch nicht zwingend, dass er sich auf Bruder oder Schwester freut.

Versuchen Sie, sachlich und positiv mit der Situation umzugehen. Ihre Familienkonstellation wird sich mit einem neuen Kind definitiv verändern, doch Ihr erstes Kind bleibt immer dasjenige, mit dem aus Ihnen als Paar Eltern wurden. Versuchen Sie, sich nicht an Erwartungen zu klammern, sondern bleiben Sie offen für jede Entwicklung. Zeigen Sie keine Angst vor den kommenden Veränderungen, sprechen Sie mit anderen Familien. Informieren Sie sich darüber, wie diese mit der Phase des Familienwachstums umgegangen sind, und leben Sie Diversität. Das Leben birgt einen stetigen Wandel. Jede Beziehung ist anders, so auch jede Familie. Freuen Sie sich gemeinsam auf das neue Baby und erleben Sie alle zusammen die Veränderungen, die bereits mit der Schwangerschaft eintreten.

## 1.3 Wie sag ich's meinem Kinde

Kommunikation in der Familie ist beinahe alles. Nicht nur das Gespräch zwischen den Eltern ist essenziell, sondern auch die Kommunikation mit dem Kind. Kinder spüren, wenn sich etwas verändert, beispielsweise das Verhalten der Eltern zueinander. Nichtwissen verunsichert. Wenn Sie ein Baby „planen“, sollten Sie Ihr erstes Kind langsam darauf vorbereiten. Wer ein offenes Haus pflegt, hat immer mehrere Generationen zu Gast. Dazu gehören auch Babys und Familien mit mehreren Kindern.

Sieht ein Kind von Anfang an, dass eine Familie nicht immer nur aus zwei Erwachsenen und einem Kind besteht, lebt es im Bild der größeren Geschwisterschar. So ist es mit dieser Konstellation bereits vertraut. Unterschätzen Sie Ihren Nachwuchs nicht: Auch kleinere Kinder beobachten. Oft fragen Kinder nach Babys oder äußern den Wunsch nach einem Geschwisterkind. Dies ist ein guter Ansatz, an den Sie anknüpfen können. Der Wunsch allein bedeutet jedoch noch nicht, dass das Baby wirklich willkommen ist. Bisher kennt Ihr Kind Babys nur aus dem Bekannten- oder Verwandtenkreis und hatte noch nicht die Möglichkeit, eigene Erfahrungen im direkten Umfeld zu sammeln.

Schon die Schwangerschaft kann zur Herausforderung werden, wenn die Mutter plötzlich nicht mehr schwer heben darf oder öfter Ruhe braucht. Das sind Verluste, mit denen ein Kind umgehen muss: Die Mutter entzieht sich seinem Zugriff. Dem Vater kommt hier eine wichtige Rolle zu, da er an ihrer Stelle ausgleichen und übernehmen kann – idealerweise bereits im Gespräch mit dem Kind.

Sprechen Sie mit Ihrem Erstgeborenen und kommen Sie immer einmal wieder auf das Thema zurück. Machen Sie Ihrem Kind gleichzeitig seine Bedeutung bewusst und beziehen Sie es bewusst in das „Wir" ein. Nicht nur Mama und Papa bekommen ein Kind, sondern die ganze Familie wächst; auch Ihr erstes Kind gehört dazu und sollte das spüren.

Gehen Sie auf alle Fragen ein und bleiben Sie sachlich positiv. Versprechungen und rosarote Zukunftsgespinste sollten Sie vermeiden. Projizieren Sie nicht Ihre Wünsche auf das Kind, sondern lassen Sie ihm Raum, eine eigene Haltung zu entwickeln.

Es kann sein, dass Ihr erstes Kind nicht begeistert ist. Reagieren Sie darauf nicht gereizt, sondern gestehen Sie ihm seine Meinung zu und zeigen Sie ihm, dass Sie es lieben – ganz bewusst und nicht nur „trotzdem", sondern ohne jeden Vorbehalt. Das muss Ihr Kind wissen.

## 1.4 Gemeinsam auf das Baby vorbereiten

Die meisten Veränderungen brauchen Zeit, doch manchmal geht es ganz schnell. Neun Monate sind nicht gleich neun Monate und die Dauer der Schwangerschaft wird subjektiv unterschiedlich empfunden. Für Erwachsene mag sie wie im Flug vergehen – schon ist das erste Quartal herum. Termine und Erledigungen stehen an. Für Festtage hat man eine gewisse Routine entwickelt. Die Jahreszeiten erlebt man en passant. Kinder empfinden all dies hingegen oft anders. Sie entdecken noch vieles neu und erwarten sehnsüchtig ihren Geburtstag, das Oster- oder Weihnachtsfest. In ihrer Welt vergeht die Zeit oft sehr langsam, wenn die Mutter abwesend ist oder es bis zum gemeinsamen Urlaub noch lange dauert. Sie gewichten anders und setzen andere Prioritäten als Erwachsene.

Diese Diskrepanz sollten Sie im Blick behalten: Als Erwachsener ist Ihr Horizont weiter gesteckt, Sie können planen und vorausschauen. Für Ihr Kind sieht das anders aus. Versuchen Sie, Ihre Perspektiven einander anzugleichen und beziehen Sie Ihr erstes Kind altersgerecht in die Vorbereitungen auf das Baby ein.

Sprechen Sie über kleinere Kinder und ihre Bedürfnisse. Erzählen Sie Ihrem Kind, wie Sie sich auf seine Geburt gefreut und vorbereitet haben. Schauen Sie gemeinsam Fotos an und betonen Sie seine Einzigartigkeit. Vermitteln Sie ihm ein Gefühl für seine eigene Entwicklung. Aus dem ersten Kind wird bald der oder die Große. Dieser Prozess ist mit Verlusten und negativen Gefühlen verbunden, aber auch mit Stolz und Privilegien.

Dazu gehört die Möglichkeit der Fürsorge. Man kann gemeinsam in den alten Babysachen kramen und schauen, was für das Geschwisterchen passen könnte. Man kann dem Kind eine Babypuppe schenken und ihm altersgerecht zeigen, wie ein Baby gehalten und gebadet wird, wie man es wickelt und in den Schlaf wiegt. Dieses Rollenspiel dient der Annäherung an die kommende Situation. Je nach Alter können Kinder ihrem Geschwisterchen ein Bild malen, an der Ausstattung mitstricken oder mit dem Vater gemeinsam etwas bauen.

Alles, was das „Wir-Gefühl" unterstreicht, sollte gestärkt und positiv besetzt werden. Hierzu muss nicht jedes für das Baby neu gekaufte Stück mit einem Geschenk für das älteste Kind verbunden werden. Entwickeln Sie bereits jetzt ein achtsames Gespür für angemessene Ausgeglichenheit. Schauen Sie in der Bibliothek nach Büchern über Geschwisterkinder und die Ankunft eines neuen Babys in der Familie und sprechen Sie gemeinsam darüber, doch achten Sie auch auf die Bedürfnisse Ihres Erstgeborenen. Ist die Phase des Dreiradfahrens herangekommen? Planen Sie ausreichend Zeit für das Ausprobieren und Lernen ein. Loben Sie Ihr Kind und bestärken Sie es in seinen Versuchen. Als Mutter mehrerer Kinder müssen Sie lernen, individuelle Anforderungen zu erkennen und ihnen angemessen gerecht zu werden.

## 1.5 Was wird anders?

Drehte sich bisher alles um ein Kind, kommt nun noch ein zweites hinzu. Statt sich Ihre Aufmerksamkeit künftig als geteilt vorzustellen, sollten Sie Ihre momentane Konstellation als Team begreifen. Dabei ist es wichtig, altersgerecht vorzugehen und ein Verständnis für die notwendigen Rollen zu entwickeln. Vater und Mutter bilden das Elternpaar, was erwachsen und gereift agieren muss. Ihre Beziehung dient als Beispiel und Vorbild, an welchem sich die Kinder orientieren.

Setzen Sie sich selbst jedoch nicht unter Druck. Es gibt idealisierte Vorstellungen, doch kein ideales Elternpaar. Handeln Sie authentisch, denken Sie über Ihr Verhalten, Ihre Rollen nach, doch versuchen Sie nicht, sich in ein Musterpaar zu verwandeln, das nach schematischen Grundsätzen agiert. Das Leben ist vielfältig, die Herausforderungen wechseln. Sie müssen auf jede Situation angemessen reagieren und sich gleichzeitig aktiv um Ihre Kinder kümmern. Das kostet Kraft und Nerven, und in manchen Phasen werden Sie die letzten Energiereserven mobilisieren müssen. Achten Sie auf Ausgleich und Ruhe, um gemeinsam als Familie alles zu bewältigen.

Wechseln Sie die Perspektive und versuchen Sie einmal, aus der Sicht des Kindes zu betrachten, was sich mit einem Geschwisterkind verändert. Gehen Sie bei diesem Experiment nicht davon aus, dass Ihr ältestes Kind tatsächlich so denkt, denn das können Sie nicht wissen. Sie bekommen jedoch ein Gefühl für die Situation des Wandels. Sie werden schnell feststellen, dass nicht alles negativ ist. Es gibt Konstanten, die bestehen bleiben, viele Dinge, die sich als positive Änderungen verbuchen lassen, aber auch Unbekanntes, das negativ besetzt sein könnte. Für jede Familie wird sich ein individuelles Tableau entwickeln. Jedes Kind wird andere Bedürfnisse haben.

Ihr Kind bekommt vielleicht ein eigenes Zimmer, oder wird sich eines mit seinem Geschwisterchen teilen. Manche Familien ziehen in einen anderen Bezirk oder kaufen ein Haus und wechseln aufs Land. Einer freut sich und ist stolz, dass sein Kinderbett oder die Familienwiege für das Baby hergerichtet werden, der andere ist traurig, weil er sein Babyspielzeug auf einmal gern selbst wieder für sich hätte.

In der Familie bahnt sich eine neue Konstellation an. Statt zwei Erwachsenen und einem Kind gibt es zukünftig zwei Erwachsene und zwei Kinder. Die Beziehungsdynamik verlagert sich hierdurch neu. Verschiedene Varianten sind möglich: Anfangs können das Elternpaar und das älteste Kind dem Neuankömmling gegenüberstehen, oder die Mutter ist dem Baby sehr nahe, während das ältere Kind und der Vater näher zusammenrücken. Später kann es sein, dass sich die Kinder als Gruppe parallel zu den Erwachsenen bewegen.

## 1.6 Großer Bruder, große Schwester – vom Leben als Kronprinz*essin

Mit jeder neuen Lebensphase verändern sich unsere Beziehungen und Verhältnisse. Am Anfang werden durch das bewusste Bonding enge Beziehungen aufgebaut, die das Kind an Mutter und Vater binden. Im ersten Jahr prägt sich das Kind vor allem auf die Mutter: Von ihr wird es gestillt, in den meisten Fällen ist sie die Hauptversorgende, deren Nähe gesucht wird und die Geborgenheit spendet. Das Urvertrauen etabliert sich in den ersten Monaten durch das behütete Verhältnis zu den Eltern. Schutz und Geborgenheit sind die Wurzeln der Ich-Stärke, die das Kind zu sich selbst findend aufbaut. Diese Umgebung ermöglicht ihm die schrittweise Lösung von der Mutter und die Hinwendung zur äußeren Welt.

Das Verhältnis zum Geschwisterkind wird auch durch die Phase geprägt, in der das Baby geboren wird. Befindet sich das erstgeborene Kind in einer Periode zwischen Ablösung und Vergewisserung, kann es sich durch das neue Baby verdrängt fühlen. Hat das Kind die Sicherheit einer belastbaren Beziehung erlebt, empfindet es das neue Geschwisterchen als Bereicherung. Wer bisher immer an erster Stelle kam, muss lernen, einen Teil seines Platzes abzugeben. Sie haben zwei Arme – damit können Sie jede Menge Kinder umarmen, wenn das grundlegende Verhältnis stimmt.

Eine stimmige, harmonische Beziehung fällt nicht vom Himmel. Sie kann anhand verschiedener Faktoren begünstigt werden, darunter entscheidend das Verhältnis der Eltern zueinander, hat aber auch viel mit äußeren und ganz individuellen Variablen zu tun. Ein Kind muss äußern dürfen, dass es sich nicht auf das Baby freut, ohne dass es sich schämt oder abgekanzelt wird. Sprechen Sie in Ruhe miteinander und versuchen Sie, ohne ein Verhör anzustrengen, herauszufinden, was es stört und welche Ängste es hat.

Es ist nicht immer leicht, ein angemessenes Verhalten zu etablieren, gegenseitige Achtung zu bewahren und in der Familie wertschätzend miteinander umzugehen. Wird dem Erstgeborenen jeder Wunsch von den Augen abgelesen und herrscht es als Diktator über seine Eltern, gestaltet sich die Neukonstellation als Familie mit zwei Kindern schwierig. Hat das Kind zuvor ein angemessen liebevolles Familienleben geführt, wird es offener gegenüber dem Neugeborenen sein und seine neue Rolle womöglich schneller definieren können. Als großer Bruder oder große Schwester kann man stolz sein, denn den Platz des Erstgeborenen mit seinen Freuden und Tücken wird einem keiner nehmen können.

## 1.7 Du gehörst dazu!

Wichtig ist das unbedingte Zugehörigkeitsgefühl, das durch bedingungslose Annahme entsteht. Das gilt für alle Familienmitglieder, von den Eltern über das älteste Kind bis zum neugeborenen Geschwisterchen, auch in den folgenden Jahren. An jedem Tag, den Sie als Familie zusammenleben, schaffen

Sie Erinnerungen. Sie erleben gemeinsam das große Abenteuer Familie in seiner Komplexität und mit all seinen vielen Verflechtungen. Das ist oft wunderschön, aber auch immer wieder anstrengend und mit neuen Herausforderungen verbunden.

Die Basis, um als Familie zu bestehen und für das Glück seiner Kinder zu sorgen, ist die Liebe, die die Eltern und ihre Kinder verbindet. Stärken Sie das Zusammengehörigkeitsgefühl, wo immer Sie können. Achten Sie in der täglichen Kommunikation darauf, dass die individuellen Persönlichkeiten anerkannt werden, und fangen Sie Dynamiken gemeinsam auf. Das Verhältnis der Eltern ist dabei beispielgebend. Ihre Sprache und ihr Umgang miteinander wirkt sich auf die Stimmung in der gesamten Familie aus. Das Elternverhältnis gibt den Grundton der Erziehung an.

Wenn Kinder spüren, dass Eltern auch in Krisenzeiten zusammenhalten, stärkt sie das selbst. Sie verlassen sich dann auch bei eigenen Problemen auf diesen Background. Das gibt ihnen die Kraft, Probleme selbst zu lösen. Sie sollten dieses Gefühl stärken und Ihrem erstgeborenen Kind vermitteln, dass Sie als Familie, in der alle ihren Platz haben, wachsen. Lösungsstrategien werden musterhaft übernommen. Wenn die Eltern uneins sind, zu Ausbrüchen neigen oder unfair agieren, überträgt sich dies auch auf die Kinder. Dabei kann es zu Unsicherheiten und Ängsten kommen, die sich negativ auf die Gesamtentwicklung auswirken, es können Aggressionen entstehen, mit denen sich der kleine Mensch ohnmächtig zur Wehr setzt, oder es entwickelt sich ein Rückzugsverhalten, das bis zum Verstummen reichen kann.

Niemand sollte jeden Tag mit psychologischen Analysen beginnen, doch es ist wichtig, aufeinander zu achten und miteinander zu kommunizieren. Gerade in einer Phase, in der etwas Neues passiert, ist der Blick auf Partner und Kind wichtig. Ein angemessenes Verhalten ermöglicht das Einleben und Einfühlen in die neue Situation. Verbinden Sie den Einkauf für Ihren Großen mit den Besorgungen für das Baby. Beteiligen Sie ihn ganz selbstverständlich am Aussuchen für beide und schauen Sie auch nach Sachen in der gleichen Farbe. Ein Shirt in der Lieblingsfarbe Ihrer Tochter gibt es bestimmt auch in mini für Babys. Witzige Aufdrucke, wie der Klassiker „Große Schwester" oder „Großer Bruder", gefallen selbst Teenagern und helfen den nun bald Ältesten, in ihre neue Rolle mit Stolz hineinzuwachsen.

## 1.8 Kleiner Bruder, kleine Schwester

Jede Geburt ist aufregend, jede Geburt ist, trotz aller Vorbereitung, ein überraschendes Ereignis und jede Geburt ist anders. Es gibt keine Routine beim Familienzuwachs. Selbst beim dritten und vierten Kind erleben Sie Herausforderungen und Unbekanntes. Die Ursachen hierfür liegen nicht nur in den äußeren Faktoren, sondern auch im hormonellen, psychischen und physischen Bereich. Der Organismus befindet sich in einem Ausnahmezustand, der einen überwältigt. Neben der Mutter ist der Vater gefragt, der das ruhige, ausgleichende Element bilden kann. Er hat die Muße zur Reflexion und kann angemessen reagieren.

Wie geht das erste Kind mit dem Ereignis um? Jeder wird eine von vielen Lösungen für sich finden: Ist die Großmutter zur Hand?

Gibt es Freunde? Bleibt es beim Vater? Wer die Möglichkeit hat, sollte die Geburt wie ein kleines Fest feiern und vorbereiten. Das Baby wird wie ein Gast erwartet. Alle drei – Mutter, Vater, Kind – sollten bei den Vorbereitungen helfen. Sie bilden ein Team, zu dem ein neues Mitglied dazukommt. Je nach Alter sollte das erste Kind auch auf den Tag der Geburt vorbereitet werden und seine wichtige Aufgabe bekommen. Das kann der Handy-Telefondienst im Krankenhaus für Freunde und Verwandte sein, bei dem eine kleine Liste abtelefoniert wird. Hier fühlt sich und ist das Kind wichtig. Gleichzeitig erhält es Feedback von allen Angerufenen. Es ist Teil des Teams der Großen und wird in seiner Position gestärkt.

Es kann auch eine Aufgabe im „Begrüßungskomitee" sein, bei dem die Gäste koordiniert und empfangen werden. Ältere Kinder werden gewichtigere Aufgaben im Haus übernehmen können. Altersgemäß und angemessen sollte Kind Nummer eins eingebunden werden, damit es sich mit der neuen Situation arrangieren kann. Doch mäßigen Sie sich in Ihren Erwartungen: Das Baby kann dennoch Befremden, Ängste oder negative Gefühle wie Abneigung oder sogar Wut auslösen. Wichtig ist, das Kind in seinem Sein zu unterstützen, seine Emotionen ernst zu nehmen, aber gegebenenfalls auch ganz klar liebevoll und konsequent Grenzen aufzuzeigen.

Das Bonding mit dem Geschwisterkind ist von großer Bedeutung, jedoch auch immer altersabhängig. Ein Zweijähriger ist mit einem schreienden Baby überfordert, ein Achtjähriger reagiert bereits souveräner und eine in sich ruhende Zehnjährige schafft es bereits, kurze Zeit mit dem Kind allein zu bleiben. Die erste Zeit mit dem Geschwisterchen ist wichtig, doch auch immer mit Abstand zu bewerten. Kleinere und größere Kinder brauchen Zeit, um sich an die neue Situation zu gewöhnen und zu verarbeiten, was die Geburt ihres Geschwisterkindes mit sich bringt.

## 1.9 Vom Teilen

Jeder kennt den Satz vom Glück, das sich verdoppelt, wenn man es teilt. Verzweifeln Sie nicht, wenn Sie ganz und gar nicht das Gefühl haben, im Glück zu baden. Haben Sie Geduld und ein wenig Vertrauen in die Zukunft. Die Idealkonstellation wird sich immer von der Realität unterscheiden. Die Vorstellung, dass alle wunderhübsch anzusehen gemeinsam friedlich miteinander umgehen, wird sich schon beim ersten Kind relativiert haben. Die Realität sieht meist ganz anders aus. Dies stellt kein eigenes Defizit dar, sondern bewahrheitet sich in allen Familien.

Abgeben und teilen ist nicht einfach. Jeder muss einen Schritt zurücktreten, um dem anderen Raum zu geben und Beziehungen neu zu entwickeln. Das fällt Erwachsenen schwer und auch Kindern. Das älteste Kind muss seinen Platz neu definieren und seinen persönlichen Bereich neu für sich abstecken. Es muss reflektieren, wie es zu Mama und Papa steht und wie es sich gegenüber dem neuen Geschwisterkind positioniert. Dazu müssen Sie seine Gefühle zulassen und die Strategien der Beziehungsgestaltung anpassen.

Es ist nicht einfach zuzulassen, dass das Baby bei den Eltern im Zimmer schläft und sein Tagesablauf empfindlich in den eigenen eingreift. Es ist nicht leicht, wenn man warten muss, bis das Baby ausgeschlafen oder getrunken hat, um erst dann auf den Spielplatz zu gehen. Diese Anpassungsleistungen sind enorm und reichen von nächtlicher Ruhestörung bis zu einer unausgeglichenen Mutter, die mit sich selbst zu tun hat.

Schuldgefühle, Schuldzuweisungen oder Urteile sind hier fehl am Platz. Gebraucht wird Pragmatismus. Diesen können die Eltern in ihrer Beziehung vorleben, sodass es auch dem ältesten Kind leichter fällt, etwas abzugeben oder das Teilen sogar als Gewinn zu erleben. Wer mit seiner Tochter kooperiert, indem diese nach einer durch das Baby kurzen Nacht den Frühstückstisch deckt, schafft positive Erlebnisse. Wenn Sie Ihren kleinen ältesten Sohn loben, weil er mit Papa einkaufen war oder im Garten geholfen hat, bestätigen Sie ihn in seinem Ich und gleichzeitig in seinem konstruktiven Verhalten.

## 1.10 Sich neu finden - als Familie und als Geschwisterkind

Jede Veränderung ist mit Reaktionen und Anpassungsleistungen verbunden. Das setzt Beziehungen unter Stress, und dieser kann entweder positiv gemanagt werden oder sich als negativ erweisen und sogar dauerhaft als belastendes Element etablieren, wenn Sie keine alternativen Strategien entwickeln. Die Anpassung an eine neue Situation erfolgt sowohl in der Gruppe als auch individuell. Jeder muss seinen Platz neu finden:

Die Mutter hat nicht mehr ein Kind, sondern zwei. Dabei verarbeitet sie die Geburt und stellt sich auf das neue Kind und seine Bedürfnisse ein, während sie parallel die Anforderungen des älteren Kindes wahrnimmt und erfüllt.

Der Vater ist als ruhender Pol gefordert, der zum einen der Mutter den Raum gibt, damit sie sich in Ruhe auf das Baby und das ältere Kind konzentrieren kann, zum anderen das neue Kind kennenlernt und das ältere Kind in dieser besonderen Situation auffängt.

Das erste Kind muss sich mit dem Geschwisterkind arrangieren, sich als nunmehr ältestes Kind begreifen und seine Position zwischen Mutter, Vater und Baby finden.

Unterstützend und wichtig sind Transparenz und Kommunikation. Das ältere Kind darf nicht abgeschoben oder zurückgewiesen werden. Das verhindern Sie, indem Sie Ihr großes Kind beobachten, sich mit ihm unterhalten und es immer wieder liebevoll entsprechend seiner Bedürfnisse und Interessen altersgemäß einbeziehen.

# 2. Familienkonstellationen

## 2.1 Der lange Weg vom Paar zur Familie

Sich als Paar zu finden und zu konstituieren, ist nicht einfach. Das merken viele spätestens dann, wenn sie eine gemeinsame Wohnung beziehen. Nicht nur die zukünftigen Lebenserwartungen wollen koordiniert werden, sondern auch die Geschichte, die jeder Partner mitbringt, spielt eine große Rolle. Prägungen, Verletzungen und individuelle Bewältigungsstrategien bestimmen unser Wesen und die Vorstellungen in Bezug auf unsere Zukunft und Lebensgestaltung.

Gleichzeitig haben wir eine Idee von der Beziehung, die wir führen wollen, und von dem Menschen, mit dem wir zusammen sind. Hinzu kommt die Selbstwahrnehmung unseres eigenen Tuns. Bereits hier zeichnen sich die Komplexität einer Paarbeziehung und die Herausforderungen, die sich daraus ergeben, ab. Wie findet ein Paar zu sich und wie definiert es sich und sein Leben? Divergierende Ideen können im Dialog korrigiert, angeglichen oder symbiotisch vereint werden.

Das Abgleichen von Standpunkten kann immer wieder neu vorgenommen werden, dafür können sowohl äußere als auch individuelle Faktoren die Ursache sein. Auf diesem Weg etabliert das Paar eine Streitkultur als Teil seiner Kommunikation, welche das Beziehungsklima entscheidend prägt und auf ihre Qualität und Stabilität, die Wirkung des Paares nach außen und seine Teamarbeit entscheidenden Einfluss nimmt.

Die Art des Umgangs miteinander und die wertschätzende Komponente des Streits wirken sich auch auf den Übergang von einer Zweierbeziehung zur Elternschaft aus. Das Paar begibt sich auf einen Weg und stellt sich einer Herausforderung. Aus zwei Menschen werden Eltern, die für andere qua Gesetz, emotional und faktisch verantwortlich sind. Es ist ein langer Weg, der sich individuell gestaltet und für den es kein Patentrezept gibt.

Selbst bei einer geplanten Schwangerschaft wissen die zukünftigen Eltern nicht, was sie erwartet. Bekommen sie einen Jungen oder ein Mädchen? Werden es Zwillinge? Wie wird sich der Tagesablauf gestalten? Was passiert, wenn die Mutter daheimbleibt und nur noch der Vater arbeitet? Geht es auch umgekehrt?

Schon in den neun Monaten während der Schwangerschaft kann es zu Herausforderungen kommen, wenn die werdende Mutter mit körperlichen Veränderungen kämpft, sich Übelkeit und Müdigkeit einstellen, abendliche Termine nicht mehr wahrgenommen werden können oder sich berufliche Einschränkungen finanziell bemerkbar machen.

Wie das Paar diese Veränderungen verarbeitet, ist ein Gradmesser und ein Weg, auf dem man gemeinsam lernt. Die Geburt ist ein weiterer Höhepunkt. Schafft es der Vater, sich in die Emotionen und Gedanken der Mutter einzufühlen? Realisiert er, welche Verantwortung er von jetzt auf gleich gemeinsam mit ihr zusammen übernehmen muss? Kann die Mutter Verständnis für den Vater aufbringen? Die Idealvorstellungen erhalten oft schon in der Schwangerschaft den ein oder anderen Knacks. Es ist nicht alles rosarot. Die Geburt kann ein harmonisches Erlebnis sein, doch meist ist sie ein Ereignis, das von sehr gemischten

Gefühlen begleitet wird. Stellt sich die Glückseligkeit nicht sofort ein, zweifelt die Mutter an sich, ist der Vater irritiert.

Hier gilt es, achtsam mit sich selbst umzugehen und auf den anderen nicht fordernd, sondern beobachtend zuzugehen. Wertungen sind fehl am Platz. Ein Baby stellt zuallererst eine große Herausforderung dar, die mit vielen neuen Erfahrungen und vor allem mit dem Bewusstsein verbunden ist, von jetzt an ganz bewusst Verantwortung zu übernehmen.

## 2.2 Keiner ist allein - Bonusfamilie und drumherum

Eltern teilen nicht nur eine Geschichte miteinander und haben ihre eigenen Biografien, sondern sind auch selbst Kinder. Großeltern, mitunter Urgroßeltern, eigene Geschwister und anderweitige Verwandte spielen ebenfalls eine Rolle. Verwandtschaft kann sich positiv oder negativ auf das eigene Familiengefüge auswirken. Sie kann belasten und zu unangenehmen Konflikten führen. Auch für den Umgang mit den Schwiegereltern gibt es kein allgemeingültiges Rezept.

Stets gestalten sich Beziehungen individuell und entwickeln ihre eigene Dynamik.

Sie sollten sich die Freiheit erarbeiten, Entwicklungen zuzulassen, Belastungen auszutarieren und gegebenenfalls auch Grenzen zu ziehen. Das Wort der Oma kann Familienkonstellationen empfindlich beeinflussen und den Zusammenhalt stören. Ebenso kann es, bei Einhaltung der Generationengrenze, unterstützen und die Individualität der Kinder stärken. Geschwister können mit einer großen Familie emotional gewinnen, etwa Erfahrungen auf vielen Gebieten sammeln und einen Support erleben, der ihnen hilft, innerlich zu wachsen und ein erfolgreiches, erfülltes Leben zu führen.

Zu einer glücklichen Kindheit gehört mehr als nur die Beziehung zu den Eltern. Dabei darf jedoch die natürliche Autorität derselben nicht untergraben werden. Als Team sollte die Familie Raum zur Entfaltung geben und gleichzeitig ein aufeinander bezogenes Beziehungsgeflecht bilden. Verwandte können mit ihren Wertungen viel zerstören und auch, selbst in guter Absicht, Geschwisterbeziehungen belasten. In einer positiven, wertschätzenden Atmosphäre werden Kinder von der Meinungspluralität und den verschiedenen Individualitäten profitieren. Gleichzeitig erleben sie selbst die Freiheit, Meinungen, Haltungen und Emotionen zuzulassen und auszuhalten. Gerade in Bonusfamilien, die sich aus einem weiten Geflecht zusammensetzen, kann dies – die Bereitschaft der Erwachsenen vorausgesetzt – einen positiven Einfluss auf die Kinder ausüben und ihnen viel für ihr eigenes Leben mitgeben.

Es ist die Fähigkeit, sich auseinanderzusetzen und gleichzeitig wieder zusammenzufinden. Die gemeinsame Lösung am Ende eines Streits ist ein positiver Orientierungspunkt. Kinder lernen, dass es Konflikte gibt, dass man sie benennen und austragen und zu einer Lösung oder zumindest einem Kompromiss finden kann. Sie erfahren so stabile Zwischenmenschlichkeit und erleben die Gewissheit, dass man sie nicht im Stich lässt. Dies prägt auch die Beziehung zwischen Geschwistern.

Streit zulassen, den anderen akzeptieren und lösungsorientiert verhandeln, lässt sich in Familien ausgiebig trainieren, wenn eine entsprechende Streitkultur etabliert wurde, die als Vorbild genutzt werden kann. Sie sollten jedoch auch von der Idee Abschied nehmen, alle Menschen auf Ihren Kodex des Streitens einschwören zu können. Einen Versuch ist gutes Streiten in jedem Fall wert und es hilft einem selbst, seine Beziehungen zu klären.

## 2.3 Jedes Kind ist anders

Individualität ist ein hohes Gut. Niemand wird gerne zugeben wollen, dass es gar nicht so einfach ist, Individualität zu entdecken und zuzulassen. Eltern bilden da keine Ausnahme. Sie möchten, dass ihr Nachwuchs gesund aufwächst, dass er mithalten kann und es im Leben einmal zu etwas bringt. Dabei wollen sie ihre Kinder nach allen Kräften unterstützen, schicken diese beispielsweise in den Sportverein und zur Musikschule.

Doch jedes Kind ist anders. Auch unter Geschwistern differieren Charaktere, Talente und Vorlieben. Während die eine Tochter Musik liebt, interessiert sich die andere für Sport. Während der eine Sohn leidenschaftlich gerne liest, ist der andere von Technik fasziniert. Was ist besser? Was ist schlechter?

Bevor Sie eine Wertung aussprechen, sollten Sie einmal tief Luft holen und kurz überlegen. Ein Kind, das seinen Eltern zuliebe ein Instrument lernt, sich auf dem Gymnasium quält und später ein ungeliebtes Studium belegt, wird nicht wirklich glücklich mit seiner Situation sein und auch nicht mit Leidenschaft das Berufsleben antreten. Vielleicht steht es sich sogar ein Leben lang selbst im Wege, denn es hat sich ja den Forderungen seiner Eltern angepasst. Sein eigenes Ich hat es nie entwickelt.

Der große Bruder spielt leidenschaftlich gerne Fußball. Sein Vater unterstützt ihn und ist begeistert von den Erfolgen seines ältesten Sohnes. Der zwei Jahre jüngere mag keinen Sport. Er geht lieber ins Museum. Die Eltern schätzen die charakterbildende Wirkung von Sport und den hohen Wert für eine gesunde Entwicklung. Die Folge: Der Jüngere muss mit auf den Platz. Sein Bruder soll ihn unter seine Fittiche nehmen.
Schaut man sich die Situation mit etwas Abstand an, merkt man schnell, dass das womöglich nicht ganz einfach wird. Der Ältere bekommt eine Rolle zugewiesen, die ihm nicht recht sein kann: Er soll auf seinen kleineren Bruder aufpassen und ihn für den Sport begeistern. Der Jüngere wird in eine Situation gebracht, die ihn peinigt – Fußball macht ihm einfach keinen Spaß. Das Verhältnis der Brüder wird belastet, beide Kinder geraten unter Druck.

Wenn Sie Selbstbewusstsein und Stärke wecken wollen, begleiten Sie das eine Kind zum Fußball und gehen mit dem anderen ins Museum. Beobachten Sie die individuellen Neigungen. Jedes Kind zeigt ganz von allein, was ihm am besten gefällt, am meisten Spaß macht, wofür es sich motiviert einsetzt und etwas lernen will. Machen Sie Vorschläge, doch erwarten Sie nicht, dass jeder mit derselben Freude angenommen wird.

## 2.4 Jeder hat seinen Platz

Die Eltern bilden einen Raum für sich, zu dem die Kinder in Beziehung stehen und in den sie bildlich gesprochen hineingelassen werden wollen. Sie wünschen sich ihren Platz darin. Der Erstgeborene hat dabei immer eine besondere Stellung: Er ist derjenige, mit dem alles anfing. Die Eltern probieren etwas aus und beobachten genau. Mit dem ersten Kind sammeln sie Erfahrungen. Nicht selten werden Kronprinz oder Kronprinzessin zu Türöffnern und nach ihnen kommende Geschwister haben es leichter.

Das älteste Kind ist jedoch auch dasjenige, was allein einen Verlust durchstehen muss und sich mit der Geburt des Geschwisterkindes bewusst oder unbewusst die Frage stellt: „Werde ich noch geliebt?". Zeit, Bestätigung und Einbindung ins Team helfen dabei, die Krise zu überstehen, ohne dass sein Ich Schaden nimmt. Insbesondere der Vater sollte sich in der ersten Zeit mit dem neuen Baby an die Seite des Kindes stellen und viel Zeit mit ihm verbringen.

Das zweite Kind kann unter Umständen zu „Muttis Liebling" avancieren und sich darüber Vorteile sichern, wenn die Konkurrenz zwischen den Geschwistern nicht beigelegt wird. Pädagogisch sinnvoll ist das nur bedingt. Wichtig ist, dass sich die Eltern austauschen und sich selbst in ihrem Tun beobachten. Das bedeutet nicht, dass Sie mit Argusaugen jeden Ihrer Schritte überwachen und Ihren Partner permanent kontrollieren. Vielmehr geht es um die kritische Sicht auf das eigene Verhalten und die dadurch vorgegebenen Rollen. Welche Interaktionen finden statt? Wo kommt es zu Konflikten?

Vorteile an sich sind nichts Negatives. Hat das ältere Kind Vorrechte, darf auch das jüngere Kind bestimmte Vorzüge für sich in Anspruch nehmen. Die Bedürfnisse des Einzelnen sollten nicht negiert, sondern integriert werden.

Kommen weitere Kinder hinzu, wird aus dem Zweitgeborenen ein „Sandwich-Kind“. Dieses hat oft eine schwierige Position. Zwischen dem Großen, der schon mehr kann und darf und dessen Förderung auch für die Eltern immer mit neuen Attraktionen verbunden ist, und dem süßen Baby, das besondere Zuwendung als Nesthäkchen erfährt, werden die mittleren Kinder oft übersehen und geraten zwischen die Fronten geteilter Aufmerksamkeit. Sie laufen einfach mit. Hier können Sie ganz bewusst Akzente setzen. Die Stellung in der Familie zieht maßgebliche Prägungen nach sich, und Sie haben die Möglichkeit, genau hinzuschauen, um Ihr Zweitgeborenes im Blick zu behalten und entsprechend zu fördern.

## 2.5 Ich-Findung als Geschwisterkind

Charakterprägung in der Familie wird oft in Bezug zur Geschwisterfolge gesehen. Wissenschaftliche Studien belegen dies bis hin zu den IQ-Werten. Die Erstgeborenen hätten demnach die höchsten Werte, im Folgenden würden diese immer weiter abfallen. Gleichzeitig kommt eine norwegische Studie zu dem Schluss, dass Erstgeborene am erfolgreichsten seien.

Lassen Sie sich durch derartige Untersuchungen jedoch nicht verunsichern. Die Bedeutung des IQs ist durchaus strittig. Amerikanische Forschungen haben gezeigt, dass viele Faktoren im Zusammenhang betrachtet werden müssen und es keinesfalls der IQ allein ist, der Erfolg garantiert.

Ein Blick in die Geschichte zeigt, dass auch Zweit- und später Geborene überaus erfolgreich sein können. Napoleon Bonaparte war der Zweitgeborene von insgesamt dreizehn Geschwistern, Marie Curie wurde als Jüngste von fünf Geschwistern geboren, Mozart hatte eine ältere Schwester, Johann Sebastian Bach war der Jüngste von acht Geschwistern, Leibniz hatte einen älteren Bruder, Nikola Tesla war das vierte von insgesamt fünf Kindern…

Theorien sollte man nicht vernachlässigen, dennoch ist und bleibt jede Familie individuell und besonders. Jedes einzelne Kind kommt in einem einzigartigen, sich dynamisch gestaltenden Umfeld zur Welt. Als Eltern gilt es, ein besonderes Augenmerk auf die eigenen Kinder und ihre Gaben zu legen. Spielt das älteste Kind erfolgreich Schach, muss aus dem nachfolgenden kein Schachspieler werden. Testen können Sie es, indem Sie ihm einfach die Möglichkeit geben, in einem Verein zu spielen. Den Unterschied werden Sie schnell bemerken. Während das eine Kind am Brett klebt, ist das zweite deutlich weniger interessiert. Lässt das bereits Aussagen über Kind Numero drei zu? Keinesfalls. Versuchen Sie das Gleiche wieder: Geben Sie ihm die Möglichkeit, mit anderen Kindern zusammen zu spielen. Das Kind wird Ihnen ganz von allein zeigen, ob und wie intensiv es weiterhin spielen möchte.

Konkurrenz unter Geschwistern ist nicht selten. Man kann davon ausgehen, dass ein gewisser Grad an Konkurrenzverhalten immer gegeben ist, denn dabei geht es um die Aufmerksamkeit der Eltern. Doch seine Ausweitung und Form sind nicht unwichtig und spielen eine große Rolle bei der Unterstützung der einzelnen Kinder. Das Familienklima ist entscheidend: Fördern Sie die Konkurrenz oder wünschen Sie sich Teamgeist?

Angemessener Wettbewerb kann Kinder fördern und aus der Reserve locken. Fairness ist dabei ein Must-have. Wenn Sie Ihre Kinder als Einzelpersönlichkeiten sehen, eine offene, wertschätzende Kommunikation pflegen und die Familie als Gesamtes betrachten, in dem jeder seinen Platz hat, kann die Ich-Bildung jedes Einzelnen immens unterstützt werden.

## 2.6 Familiensprache: Kommunikation in guten und in schlechten Tagen

Nicht immer scheint die Sonne. Es gibt auch trübe Tage. Während Erwachsene Strategien entwickeln, um mit Stimmungen und rational als negativ bewerteten Gefühlen umzugehen, können Kinder das in der Regel noch nicht. Sie reagieren emotional oder ziehen sich zurück.

Äußert sich ein Kind negativ gegenüber seinen Geschwistern, lehnt es sie verbal ab oder agiert es aggressiv, wird es in der Regel zurechtgewiesen: „Das macht man nicht." Das Kind, das um die Anerkennung und die Aufmerksamkeit seiner Eltern kämpft, lernt dadurch, innerlich Zensur auszuüben, ohne dass es sich wirklich mit seinen Emotionen auseinandersetzt. Es wird mit ihnen allein gelassen und beginnt sich zu verstecken.

Respektvoller Umgang in der Familie ist eine gute Basis dafür, offen miteinander zu reden und jedem die Möglichkeit zu geben, das eigene Empfinden ohne Angst zu äußern. Jeder muss sich ausdrücken können, ohne dass er aus der Gemeinschaft ausgeschlossen wird. Der Satz einer Dreijährigen, dass sie ihre kleine Schwester nicht mag, erschreckt und verletzt die Gefühle der Eltern, doch die Äußerung ist legitim. Die Einordnung derselben durch die Eltern sollte auf einer erwachsenen, reifen Ebene erfolgen. Wer hier emotional reagiert, verletzt sein Kind und sendet falsche Signale. Ein „Wie kannst du so etwas sagen?!" ist hier fehl am Platze.

Kommunikation in der Familie sollte wahrhaftig, wertschätzend und lösungsorientiert verlaufen. Niemand muss seine Geschwister in jedem Moment lieben. Ein Kind hat das Recht, gekränkt zu sein. Die Frage, die sich die Eltern stellen müssen, ist, was dem Kind fehlt und was es braucht, um in der Familie glücklich zu sein.

Wer auf dieser Basis altersgerecht miteinander spricht, schafft Raum, kann Regeln aufstellen, zeigt Empathie und Annahme. Schaffen Sie ruhige Momente, nehmen Sie sich extra Zeit für Ihr Kind, maßregeln Sie es nicht, sondern signalisieren Sie ihm, dass man wütend sein darf. Setzen Sie gleichzeitig Grenzen, die allgemein in der Familie gelten: Körperliche Gewalt und verbale Entgleisungen sind tabu.

Das Kind wird sich dadurch angenommen und wertgeschätzt fühlen. Gleichzeitig erfährt es durch die Regelsetzung Akzeptanz und Sie schaffen Raum für Entwicklungen, denn am nächsten Tag kann die Welt schon ganz anders aussehen und aus Feinden können dicke Freunde werden.

## 2.7 Herausforderungen im Familienleben

Verabschieden Sie sich innerlich von Idealvorstellungen und stellen Sie sich der Realität. Die Idee einer Vorzeigefamilie wird Sie eher hemmen, als Ihnen positive Impulse und Energie zu vermitteln. Das ist kein Aufruf dazu, die Hände in den Schoß zu legen, sondern ein Appell an den Mut zum Alltag.

Eine Familie besteht nicht nur aus Mutter, Vater und Kindern. Das allein wäre schon ein äußerst komplexes System, doch es kommen noch diverse äußere Faktoren hinzu. Da sind die weiteren Familienmitglieder, die Großeltern und Verwandten, die Freunde und Nachbarn, die anderen Eltern im Kindergarten und in der Schule, die Arbeitskollegen, der Chef. Da ist der Ort, an dem die Familie lebt. Da sind Variablen wie Krankheit, finanzielle Einschränkungen oder sogar das Wetter.

Alle freuen sich auf den Urlaub, doch der Vater bekommt plötzlich einen großen Auftrag, den er nicht ablehnen kann. Am Nachmittag soll es zu Freunden gehen, doch bei der Mutter stehen Überstunden an. Das Kind freut sich auf den Nachmittag am See, doch es regnet plötzlich in Strömen.

Kleine und große Herausforderungen kommen im Alltag immer wieder vor. Sie belasten die Familienmitglieder in unterschiedlicher Weise. Für die Mutter ist es eine Katastrophe, dass der Urlaub verschoben werden muss, die große Tochter wollte sowieso lieber zur Oma und das Baby weiß noch gar nicht, was Ferien sind. Der Vierjährige freut sich schon eine ganze Weile auf den Spielenachmittag und plötzlich findet er nicht statt, weil die Mutter ins Büro muss. Diese denkt vielleicht, dass man für das Play Date einen anderen Termin finden kann, die Zusatzstunden hingegen bringen Geld in die Familienkasse.

Jeder hat andere Empfindungen, die zum Teil diametral entgegengesetzt sind. Der Vater möchte für sein Engagement gelobt werden, doch die Mutter ist wütend, da sie sich nach Erholung und Abwechslung sehnt. Den Spielnachmittag zu verschieben, empfindet die Mutter als die richtige Entscheidung, während der Sohn wenig Verständnis für die Situation aufbringen kann.

Wenn nun noch Geschwister mit ihren Ansprüchen hinzukommen, wird es kompliziert. Eine einfache Lösung finden zu wollen, mit der alle gleichermaßen zufrieden sind, stellt sich oft als illusionär heraus. Es ist schier nicht möglich, in allen Situationen stets für alle das Richtige zu tun. Verletzungen entstehen, jeder fühlt sich einmal ungerecht behandelt oder zurückgestellt. Die Frage ist, wie jedes Familienmitglied damit umgeht.

## 2.8 Ursachen und Symptome von Konflikten

Streit gehört zum Leben dazu. Wie man ihn betrachtet und wertet, ist entscheidend. Wenn Sie Streit grundlegend negativ besetzen, nehmen Sie sich die Möglichkeit, sein Potenzial progressiv zu nutzen. Sehen Sie Streit vielmehr als Bereicherung, als legitime Form der Auseinandersetzung und des Zusammenfindens; schaffen Sie Freiräume und ein offenes Klima, in dem sich Familienmitglieder wohlfühlen.

Kinder reagieren altersgemäß impulsiv. „Aus dem Bauch heraus" wird vom Kleinkindalter bis in die Kindergartenzeit geschrien, geschubst, manchmal sogar gebissen. Abneigung äußert sich meist als körperliche Aktion. Für Erwachsene ist das schwer nachvollziehbar und sie werten diese Bewältigungsstrategie oft als direkten Angriff. Doch Impulskontrolle ist kleinen Kindern fremd. Sie verfügen nicht über die Möglichkeit der verbalen Äußerung – effizient ist für sie der direkte Weg.

Konflikte können aus allem und überall entstehen:

- Das Kind selbst fühlt sich körperlich nicht wohl und ist unausgeglichen. Es schubst alle weg, schlägt und strampelt.
- Das Kind ist ganz simpel zu dick angezogen, es schwitzt und lässt sein körperliches Unbehagen an anderen aus.
- Das Kind reagiert auf die Unausgeglichenheit der Mutter und entlädt die Spannung über körperliche Attacken.
- Das Kind wünscht sich Aufmerksamkeit und provoziert.
- Das Kind kämpft um ein Spielzeug.
- Das Kind fühlt sich zurückgesetzt und zeigt seine Frustration.

Noch viele Beispiele sind möglich. Als Erwachsener sollten Sie überlegt reagieren und versuchen herauszufinden, was Ihr Kind eigentlich sagen möchte und braucht.
Bleiben Sie zunächst in der Rolle des Beobachters. Manchmal klärt sich die Situation von allein. Greifen Sie zu früh ein, nehmen Sie den Kindern die Möglichkeit, ihre Angelegenheiten selbst zu regeln. Sie stören als Erwachsene eine Lernsituation und vereiteln die Chance zur Entwicklung.

Wendet sich ein Kind an Sie, reagieren Sie angemessen. Muss Partei ergriffen werden? Müssen Sie mit beiden sprechen oder ist es sinnvoll, neutral zu bleiben?

Eskaliert der Streit gefährlich, greifen Sie ein, indem Sie die Kinder ablenken und auf sich beziehen, oder sprechen Sie tatsächlich ein „Machtwort". Beißen ist kein Kavaliersdelikt, das Schlagen mit Gegenständen kann zu Verletzungen führen.

Im Fokus sollte eine angemessene Reaktion stehen, mit der Sie an die jeweils individuelle Situation herangehen. Was möchten Sie damit erreichen? Auf diese Weise entsteht eine offene Situation der Annahme, die es Ihrem Kind ermöglicht, sich zu entwickeln, eigene Strategien auszuprobieren, das Vertrauen zu Ihnen zu behalten und dennoch Grenzen kennenzulernen.

## 2.9 Eine Streitkultur in der Familie etablieren

Den Ausgangspunkt für die Stimmung und die Gestalt der Auseinandersetzungen in Ihrer Familie bilden Sie als Paar. Die Qualität Ihrer Beziehung ist entscheidend. Arbeiten Sie miteinander oder sehen Sie sich in erster Linie als Konkurrenten? Sind beide Partner emotional, materiell und arbeitstechnisch am Projekt Familie beteiligt oder zieht sich einer zurück, ist das Verhältnis gestört, die Arbeitsteilung unausgeglichen?

Der Umgang der Partner miteinander übt eine Vorbildfunktion aus. Mit diesem schaffen Sie Muster, an denen sich Ihre Kinder orientieren. Sie können noch so sehr auf verbaler Gewaltfreiheit zwischen den Geschwistern bestehen – wenn Kinder erleben, wie Sie selbst ausfallend werden oder sich gegenseitig missachten, spüren sie, dass Sie nicht authentisch sind.

Wertschätzung hilft dabei, lösungsorientiert vorzugehen und die Beziehung zu stärken. Wenn Sie als Paar die Bereitschaft aufbringen, miteinander zu arbeiten, kräftigen Sie nicht nur Ihre Familienstrukturen und unterstützen Ihre Kinder, sondern sorgen auch für den Erhalt Ihrer Beziehung. Die große Liebe geht im Alltag schnell unter. Belastungen erzeugen Stress. Haben Sie als Paar wenig Zeit füreinander, schwächt das Ihre Einheit und Ihre Handlungsfähigkeit. Darum ist der sorgsame Umgang unter Partnern essenziell für Sie als Familie.

Machtkämpfe zwischen Geschwistern sind normal: Sie entstehen aus der altersbedingten Rangfolge. Der Umgang damit ist wiederum entscheidend. Schaffen Sie es, jedem Kind seinen Freiraum zu gewährleisten, werden Sie erleben, wie sich aufkommende Auseinandersetzungen auflösen. Je größer die Ich-Stärke und das Selbstbewusstsein sind, umso größer ist die Bereitschaft, anderen Raum zuzugestehen, sie anzuerkennen, sie zu unterstützen oder sie auch nur zu tolerieren.

Psychologische Untersuchungen zeigen, wie stark uns Verlustängste bestimmen. In dem Moment, wo Kinder keine Angst vor Verlust haben, öffnen sie sich für ein Miteinander. Sie erkennen dann die für sie positiven Möglichkeiten der Kooperation als Zusammenarbeit. Kleine Kinder sollten erfahren, dass ihre Mutter und ihr Vater sie lieben, dass sie nicht teilen müssen, sondern etwas dazu bekommen. Sie sollten erleben, wie ihre besonderen Fähigkeiten gefördert werden und wie sie von ihren Eltern als

Individuum angesehen und geschätzt werden. Das hilft ihnen, sukzessiv Selbstbewusstsein und Ich-Stärke zu entwickeln und innerlich die Gewissheit zu etablieren, dass sie erfolgreich in ihrem Handeln sein können.

Streit wird, muss und soll es trotzdem geben, doch in anderen Formen, ohne dabei elementare Grenzen zu verletzen. Eine gewaltfreie Kommunikation ermöglicht Entfaltung, während verbale Entgleisungen oder auch Zurechtweisungen verletzen, zu Auflehnung führen und das Verhältnis nachhaltig belasten und schädigen können.

Hüten Sie sich jedoch auch vor einer scheinbar gewaltfreien Sprache, die von Kindern schnell als falsch und verlogen identifiziert wird. Bleiben Sie authentisch und nutzen Sie Formulierungen, die von Ihnen selbst ausgehen. Ich-Botschaften verbalisieren ein Problem, das Sie selbst als solches empfinden. Die anderen sollen Sie wahrnehmen und Ihnen helfen, die Situation zu klären. Bei Du-Botschaften ist die Perspektive eine andere: Sie sagen, was der andere zu tun hat und verorten das Problem bei Ihrem Gegenüber. Eine Du-Botschaft wird schnell als Anschuldigung und verbaler Angriff verstanden. Die Reaktion darauf ist meist defensiv und nicht wie gewünscht klärend und lösungsorientiert.

## 2.10 Moderation

Wenn im Kinderzimmer die Luft brennt und im Sandkasten Schippe und Eimer gegeneinanderschlagen, scheint es höchste Zeit einzuschreiten. Doch ist das wirklich so? Wann sind Eltern gefragt und wann sollten Sie sich als Mutter oder Vater eher zurückhalten?

Kinder lernen im Umgang miteinander. Die Gründe für einen Streit können Rivalität, Krankheit, Verlustängste sowie Eifersucht sein oder aus ganz anderen Bereichen herrühren. Der Ball oder die Schippe bilden dann nur den Auslöser, nicht aber die tatsächliche Ursache eines Kampfes.

Als Eltern sollten Sie Ihre Kinder im Blick behalten. Je nach Alter sind Sie tatsächlich anwesend, sodass die Kinder Sie sehen und jederzeit Blickkontakt zu Ihnen aufnehmen oder direkt zu Ihnen kommen können, in der Nähe, sodass man Sie rufen kann und Sie in regelmäßigen Abständen nach den Kindern schauen, oder – bei älteren Kindern – per Handy erreichbar und beim abendlichen Zusammensein oder ähnlichen Anlässen zum Gespräch bereit.

Jüngeren Kindern brauchen Sie keine Standpauke zu halten. Sie werden nicht verstanden. Hier entscheiden Sie nach Situation: Kooperieren die Kinder miteinander? Ist gerade wirklich ein Streit im Gange? Droht jemand verletzt zu werden? Manchmal ist Ablenkung sinnvoll, oder Sie lösen die Situation auf, indem Sie die körperliche Aggression durch eigene Interaktion in ein spielerisches Balgen überführen.

Mit älteren Kindergartenkindern können Sie ein altersgerechtes Gespräch zur Konfliktlösung führen oder ebenfalls nonverbal agieren, indem Sie die Auseinandersetzung auf ein körperliches Spiel umlenken.

Angebracht ist auch ein Blick auf die zugrundeliegenden Ursachen. Klären Sie diese in separaten Gesprächen, für die Sie sich gesondert Zeit nehmen. Der Dialog muss und sollte nicht sofort stattfinden, sondern in entspannter Atmosphäre zu einem etwas späteren Zeitpunkt.

Ältere Kinder verfügen bereits über Strategien zur Konfliktlösung. Auch hier sind das separate, ruhige Gespräch und die verständnisvolle Suche nach den Ursachen sinnvoll.

# 3. Vom Streiten

## 3.1 Streit als Chance

Streit verbinden viele spontan mit etwas Negativem, empfinden ihn als das Gegenteil von Frieden und Harmonie. Bei genauerer Betrachtung lassen sich Konflikten jedoch viele positive Seiten abgewinnen, die sich niemand nehmen lassen sollte. Streit gehört zum Wachsen dazu.

Wenn Sie etwas erreichen wollen, müssen Sie auch zum Streiten bereit ein. Das wissen Kinder ganz genau. Evolution kommt ohne Streit nicht aus und Kinder können und sollten streiten lernen.

Das Einstehen für die eigenen Bedürfnisse ist eine positive Handlungsweise, die von Egoismus abgegrenzt werden sollte. Es bedeutet schlicht: „Ich weiß, was ich brauche und ich setze mich dafür ein." Warum sollten Sie einem Kind diesen Impuls nehmen?

Ein Konflikt entsteht dann, wenn andere unter der Durchsetzung der eigenen Bedürfnisse leiden. Wird auf die Anliegen beider Parteien eingegangen und lässt sich ein Sinn im Abgeben und Teilen entdecken, dann liegt die Lösung des Konflikts nahe.

Gewaltfreie Kommunikation ist eine Strategie, die auf die Bedürfnisse der Beteiligten eingeht und sich altersgerecht gut in

Familien anwenden lässt. Bedürfnisse sind oft gleich, und der Versuch, sie zu erfüllen, kann eine negative Dynamik in Gang setzen. Analysiert man als Elternteil die Situation, betrachtet den Kontext und versucht, die Bedürfnisse zu benennen, so kann eine Strategie zu deren Erfüllung entwickelt werden, die alle Beteiligten einbezieht und voranbringt.

Sobald Sie beginnen, systemisch zu denken, erleben Sie Streit als Impuls und können aus der Negativsetzung, die gleichzeitig mit Sanktionen und Maßregelungen verbunden ist, ausbrechen. Sie lernen, mit der Realität zu leben und kreative Lösungswege zu finden. Das wiederum überträgt sich positiv auf das Klima in der Familie und wird von den Kindern als Muster übernommen.

Was zunächst kompliziert klingt, lässt sich ganz einfach auf Alltagssituationen übertragen. Sie brauchen einen Sandkastenstreit nicht lange zu analysieren. Ihre Erfahrungen werden Ihnen schnell zeigen, welche Strukturen und Bedürfnisse sich eigentlich hinter dem Streit verbergen. Sie entscheiden dann spontan, ob und wie Sie in diesem Moment eingreifen und ob Sie längerfristig an den Ursachen arbeiten.

## 3.2 Auseinandersetzung ist entwicklungsimmanent

Gehen Sie vorsichtig mit psychologischen Beweisführungen um und schauen Sie immer ganz pragmatisch nach dem Nutzen. Die Theorie, dass der Erstgeborene stets ein Sieger und Anführer ist, wurde bereits anhand von Beispielen widerlegt. Das heißt nicht, dass es keine Familien gibt, in denen sich der Erstgeborene zum

Überflieger und Alleskönner entwickelt. Es muss jedoch keinesfalls zwingend so sein.

Stellen Sie die Individualität Ihrer Kinder und die konkrete Realität immer über Theorien, nutzen Sie jedoch Analysestrategien, um Ihre konkrete Situation zu verstehen. Die Theorie, dass Geschwisterstreit evolutionsbedingt sei, hilft Ihnen nur bedingt weiter und ist auch nicht völlig stimmig. Keinesfalls werden Geschwister immer als Rivalen und Fressfeinde angesehen. Selbst im Tierreich setzen sich Konstellationen durch, die ohne die Rudelführung durch ein Alpha-Tier zum Erfolg führen.

Ohnehin ist es fraglich, ob sich Theorien, die auf der Beobachtung von Tieren basieren, auf das menschliche Zusammenleben übertragen lassen. Der darwinistische Ansatz vom Kampf um die Ressourcen innerhalb der Familie ist selbst in Bezug auf Sandwich-Kinder nicht schlüssig. Dazu spielen zu viele individuelle Faktoren in das Familienleben hinein.

Menschen leben in einem systemischen Gefüge mit anderen zusammen. Das Heranwachsen der Kinder wird daher von einer Unmenge an Faktoren bestimmt, die die Eltern nur teilweise beeinflussen können. Ebenso gestaltet es sich mit der Zuordnung und Gewichtung von Streit.

Wenn Sie die Vernichtung und den Ausschluss eines Rivalen aus der Familiengruppe als zugrundeliegendes Ziel eines Streits annehmen, geben Sie sich selbst kaum eine Chance zu agieren, dann muss sich der Stärkere durchsetzen. Doch zum Glück ist das nicht der Ansatz. Auch historisch erweist es sich nicht als stimmig, dass der Älteste die Führung übernimmt.

Das klassische Bauernhof-Beispiel des Mittelalters zeichnet bei genauer Betrachtung nicht das Bild Sieger gegen Knechte, sondern verweist auf etwas ganz anderes. Der Älteste übernahm den Hof, damit es nicht zu einer weiteren Teilung des Erbes kommen würde, das dann niemanden mehr ernährt hätte. Die anderen Söhne wurden entsprechend auf ein Leben im Kloster vorbereitet oder gingen auf Wanderschaft, um entweder als Knecht auf einem Hof zu dienen oder ein Handwerk zu erlernen. Bereits während ihrer Erziehung wurden sie auf diese Wege vorbereitet. Unter dieser Voraussetzung gingen sie in die Welt hinaus und hatten daher keinen unbedeutenden Vorsprung gegenüber dem ältesten Bruder, der an die Herkunftsscholle gebunden war und außerdem für die Alten zu sorgen hatte.

Vermeiden Sie Festschreibungen und ein schematisches Herangehen an Geschwisterkonstellationen. Damit ist weder Ihnen noch den Kindern geholfen. Vertrauen Sie Ihrem eigenen Blick und nutzen Sie Erkenntnisse der systemischen Psychologie, die Ihnen dabei helfen, aus der Analyse der konkreten, individuellen Situation Lösungsansätze abzuleiten.

## 3.3 Streit gestalten

Jede konkrete Situation, in die Sie eingreifen, prägt Ihre Kinder. Sie wenden Ihre persönlichen Muster an und folgen damit Ihrer Biografie. Wenn Sie sich bereits mit Ihrer eigenen Entwicklungsgeschichte auseinandergesetzt haben, können Sie reflektierter agieren. Sonst kann es passieren, dass Sie eigene Erfahrungen mit Ihren Geschwistern auf Ihr jetziges Familienleben übertragen. Ihre aktuelle Beziehungs- und Ich-Struktur spielt eine immense Rolle beim sinnvollen Umgang mit Streit unter Geschwistern.

Nehmen Sie in einem ruhigen Moment einmal zwei unterschiedliche Perspektiven ein. Schauen Sie zum einen auf Ihre eigenen Beziehungsvorbilder und betrachten Sie zum anderen Ihre aktuelle Beziehungssituation. Besprechen Sie beides auch mit Ihrem Partner.

Beziehungsvorbilder sind

- die Beziehung der eigenen Eltern und Geschwister zu einem selbst als Kind,
- die Beziehung der Eltern zueinander,
- die Beziehung der Eltern zur Umwelt.

Die Erfahrungen, die Sie in diesen drei Bereichen gemacht haben, prägen Sie und können einen Grundkonflikt darstellen, der Ihre aktuellen Konflikte überlagert oder sogar abbildet. In dem Moment, in dem Sie beginnen, Ihre Beziehungsvorbilder zu erkennen, können Sie die Kraft entwickeln, um diese aktiv zu verändern.

Das ist keine Frage von Zeit, sondern ein Bewusstseinsprozess, der Sie in Ihrer Partnerschaft und bei der Erziehung Ihrer Kinder entscheidend voranbringt, weil er Ihnen das Verständnis für die systemischen Verbindungen ermöglicht.

Jetzt haben Sie auch die Freiheit, den Geschwisterstreit einzuschätzen und je nach Wertigkeit zu tolerieren, zu begleiten oder bewusst und geduldig zu gestalten. Dabei kommen Familienregeln zum Tragen, die sich im Zusammenleben mit älteren Kindern als wertvolle Stütze erweisen können. Wichtig ist es, stets Offenheit zu bewahren und an eine Veränderung zu glauben. In dem Moment, wo Sie einen Zustand für unveränderlich halten, wird es schwer, daraus auszubrechen. Sie können damit einen Teufelskreis erzeugen, der immer wieder in Gang kommt und das Zusammenleben in der Familie vergiftet. Wie eine Spirale wirken die Uneinigkeit der Eltern oder die Überforderung der Mutter auf das Zusammensein der Geschwister, die in Streit ausbrechen und wiederum die Uneinigkeit der Eltern befeuern und die Überforderung steigern.

Hier den Ausstieg zu schaffen, ist oft nur noch mit externer Hilfe möglich. Die Situation lässt sich nicht mehr überschauen und wird unkontrollierbar. Erst durch eine Moderation verschaffen Sie sich den Abstand, anhand dessen Sie wieder das Gesamtbild anvisieren und Lösungsansätze erkennen können.

## 3.4 Auseinandersetzung formt

Was lernen Kinder im Streit? Erwachsenen erscheint es oft befremdlich, doch die Auseinandersetzungen unter Geschwistern sind auf mehreren Ebenen sinnvoll. Werden sie noch dazu mit Formen der gewaltlosen Kommunikation verbunden, bekommen die Kinder eine Vorstellung von lösungsorientierter und wertschätzender Gesprächsführung. Sie erleben sich selbst als konfliktlösende Subjekte. Sie sind keine Objekte fremder Vorstellungen und Ideen. Das ist eine großartige Erfahrung, die das Selbstwertgefühl steigert und Kindern ihre eigene Stärke vor Augen führt.

Wenn Sie Ihre eigene Beziehungsprägung geklärt haben, bringen Sie ausreichend Geduld und Abstand auf, wenn Ihre Kinder verschiedene Varianten des Streitens ausprobieren.

Das kann der Ruf nach der Mutter oder dem Vater sein. Sie sollen dann aus einer Machtposition im Sinne des Anfragenden entscheiden. Damit wäre der Streit jedoch nicht beendet, denn die Kinder haben keine Lösung gefunden und einer wird in jedem Fall unzufrieden sein.

Die Fortsetzung des Spiels ist fraglich.

Bei der gewalttätigen Auseinandersetzung wird der Stärkere oder Geschicktere ermittelt. Aus der Lösung ergeben sich wahrscheinlich neue Herausforderungen, die den erhofften Sieg deutlich schmälern. Das Spiel wird wahrscheinlich nicht fortgesetzt. Der Angreifer ist nun allein und die körperliche Auseinandersetzung hat wahrscheinlich Folgen für den Sieger. Mitunter verkehrt sich der Sieg in eine Niederlage, wenn der Unterlegene getröstet und deutlich begünstigt wird.

Formen der verbalen Auseinandersetzung zwischen Geschwistern sind ein deutlicher Fortschritt. Die Kinder versuchen, ihre Angelegenheiten selbst zu regeln und treten dabei verbal gegeneinander an. Sie stellen fest, dass nicht der Lauteste gewinnt. Sie bemerken, dass Beleidigungen nicht zielführend sind. Wollen die Kinder gemeinsam spielen, werden sie früher oder später einen Kompromiss aushandeln.

Unterbinden Erwachsene diesen Prozess des gemeinsamen Lernens, nehmen sie Kindern die Möglichkeit zur erfolgreichen

Entwicklung und Stärkung der eigenen Persönlichkeit und bringen sie um das Erfolgserlebnis, welches eine gemeinsame Entscheidung mit sich bringt.

Sie unterbrechen einen Denkprozess, der für die Kinder entscheidend ist.

Über das Streiten übt sich der Nachwuchs in Selbstreflexion. Er lernt, Strategien zu entwickeln. Das formt den Charakter und prägt für zukünftige Auseinandersetzungen außerhalb des Elternhauses.

So entstehen Konzepte, die als Affirmationen oder Negationen wirken. Wer sich selbst negativ bewertet und herabsetzt, hat deutlich schlechtere Chancen, Aufgaben erfolgreich zu bewältigen. Gleichzeitig muss er sehr viel Energie aufbringen, um sich zu motivieren.

Wer gemeinsam Lösungen findet und sich selbst positiv bestärkt sieht, hat es deutlich leichter, setzt sich weniger unter Druck, glaubt an die eigene Kraft und geht sogar besser mit Misserfolgen um. Ein derart positives Selbstbild ist das Ergebnis eines erfolgreich verlaufenen Lernprozesses beim Streiten.

## 3.5 Das Positive sehen und selbst Kraft gewinnen

Alle Eltern stoßen irgendwann an ihre Grenzen. Das ist kein Manko, sondern ein normaler Prozess, mit dem Sie sich auseinandersetzen sollten. Bleiben Sie dauerhaft im Grenzlimit, nehmen Sie und Ihre Familie, einschließlich der Kinder, Schaden.

Es ist nicht einfach, jeden so zu akzeptieren, wie er ist, und um seiner selbst willen zu lieben. Es ist übermenschlich, wenn Sie nicht auf Ausgleich achten und sich über Ihre Sicht auf Ihre Familie, die Kinder, den Partner austauschen.

Geraten Sie in einen Negativsog, setzen Sie eine unheilvolle Abwärtsspirale in Gang. Sie sehen überall Fehler und suchen Schuldige. Gleichzeitig zweifeln Sie an sich selbst und blockieren sich mit Negationen.

Damit ist nicht gemeint, dass Sie in Jubel ausbrechen sollen, wenn Ihre Kinder aufeinander losgehen. Doch genau an dieser Stelle halten Sie kurz inne und betrachten die reale Situation: Gehen die Geschwister tatsächlich aggressiv gegeneinander vor oder interpretieren Sie selbst den Streit auf diese Weise? Verhalten Sie sich in der Art einer selbsterfüllenden Prophezeiung, die zum Streit führt, oder liegt die Herausforderung ursächlich bei den Kindern?

Mit Sätzen wie „Meine Kinder streiten ständig" stecken Sie eine Situation wertend fest. Ihre Kinder können sich nicht ständig streiten, das ist rein zeitlich und vom Tagesablauf her nicht möglich. Es gibt also sehr wohl Phasen der Ruhe und indem Sie generalisieren, nehmen Sie sich selbst diese Momente.

Zudem besetzen Sie Streit negativ. Legen Sie den Fokus hingegen auf das Potenzial, das Geschwisterstreit mit sich bringt, wird sich Ihr Blickwinkel sofort ändern.

Das ist wie beim Erlernen eines Musikinstrumentes oder einer Sportart. Erwarten Sie wirklich, dass Ihre Kinder vom ersten

Moment an perfekt Rad fahren oder geben Sie ihnen Zeit, dies erst einmal zu erlernen? Übt ein Kind ein Instrument, rechnen Sie mit Fehlern und Wiederholungen. Sie erkennen sogar den Wert des Übens selbst an und feiern kleine Erfolge. Dadurch begünstigen Sie den Lernprozess. Warum gestehen Sie Ihren Kindern also keinen Übungsraum für das soziale Lernen zu? Auch dieses ist ein Prozess.

Ganz nach dem Ansatz „Trial And Error“ basiert das Streiten-Lernen auf eigenen Erfahrungen. Dazu brauchen Kinder Zeit und Raum. Schaffen Sie ein Umfeld, in dem Ihre Kinder frei lernen können, und nehmen Sie sich selbst die Zeit, um mit Abstand und Ruhe auf Ihre Familie und Ihre Erfolge zu schauen.

## 3.6 Wenn die Fetzen fliegen...

Vorsicht ist geboten, wenn ein Streit zu eskalieren droht. Lernen Sie gemeinsam mit Ihren Kindern zwischen Gerangel, Balgerei und Gewalt zu unterscheiden. Das ist nicht ganz einfach, denn Kinder können ihre eigene Kraft oftmals noch nicht einschätzen. Bestimmt erinnern Sie sich, wie das süße Baby einmal beim Stillen plötzlich schmerzhaft zugebissen hat. Böse Absicht werden Sie dem Kleinen dabei nicht unterstellen, denn Sie wissen, dass das Zubeißen beinahe reflexhaft und ohne Wissen des Kindes auftreten kann.

Auch Einjährige können tüchtig austeilen, doch es steckt keine Absicht dahinter. Bis ins Grundschulalter hinein müssen Sie mit Reaktionen rechnen, die Kinder nur bedingt einschätzen können. Hier handelt es sich nicht um einen Erwachsenen, der zuschlägt, sondern um ein Kind, welches eine Streitstrategie testet oder im körperlichen Spiel die bewusste Kontrolle verliert. Das bedeutet jedoch nicht, dass das Kind „böse“ oder gewalttätig ist.

## Geschwisterstreit

Die körperliche Auseinandersetzung zwischen Geschwistern ist normal. Dem Alter entsprechend müssen Sie die Kinder im Blick behalten. Eine Vierjährige und ein Baby sollte man nicht allein spielen lassen. Einen Fünfzehnjährigen können Sie mit seiner kleinen Schwester nach einer kurzen Absprache ruhig sich selbst überlassen.

Reagieren Sie nach Beobachtung und eigenem Gefühl. Differenzieren Sie zwischen den Situationen. Wenn es in der Familie kein Gewaltproblem gibt und friedliche Formen der Auseinandersetzung generell etabliert sind, übernehmen die Kinder diese Regeln. Dennoch kann aus einem engagierten Fußballspiel eine handfeste Rauferei werden. Droht einem Kind dabei Gefahr, gehen Sie unbedingt dazwischen und lenken Sie die Kinder ab. Rangeln jedoch beide Kinder miteinander und ist der Kampf überschaubar, lassen Sie Ihre Kinder die Situation selbst klären.

Das fällt oft nicht leicht. Schnell ist man als Mutter oder Vater mit Vorurteilen und der eigenen Sichtweise dabei, die nicht immer den eigentlichen „Tathergang“ spiegelt. Da wird der Große schnell zum Aggressor, weil er ja sonst auch über die Stränge schlägt und sich an nichts hält. Oder der Kleine wird als Provokateur entlarvt, weil er ja dem Großen immer alles wegnimmt.

So entstehen Zuschreibungen, die sich wiederholen und als negative Merksätze das zukünftige Verhalten der Kinder bestimmen. Das sollte unbedingt vermieden werden. Stattdessen sollten sich die Eltern in reflektierter Zurückhaltung üben. Als Paar sollten Sie sich immer wieder über Ihre Beobachtungen austauschen und darauf achten, dass niemand ein Etikett auferlegt bekommt.

Bemerken Sie tatsächlich ein aggressives oder brutales Verhalten bei eines Ihrer Kinder, forschen Sie nach den Ursachen: Fühlt sich hier jemand zurückgesetzt? Gab es Streit zwischen den Eltern, der sich nun im Verhalten der Kinder äußert? Hat ein Kind Unangenehmes erlebt und bittet über diesen Weg um die Aufmerksamkeit der Eltern?

## 3.7 Als Eltern Grenzen setzen

Handeln Sie als Erwachsene stets reflektiert, achtsam und bewusst. Meiden Sie Wertungen, die zu Negationen und selbsterfüllenden Prophezeiungen werden. Nutzen Sie stattdessen Affirmationen.

Als Eltern haben Sie das Zepter in der Hand. Macht ist in der Vergangenheit oft negativ besetzt worden. Das hat zu Leerstellen geführt, die gerade in der Pädagogik oft negative Folgen haben. Die Frage ist, wie Sie Macht definieren und nutzen. Macht ohne Herrschaft ist ein erstrebenswertes Ziel, denn das Gegenteil von Macht ist Ohnmacht.

Treten Sie dem Leben nicht ohnmächtig gegenüber, sondern gestalten Sie es ganz bewusst. So haben Sie die Chance auf eine bessere Welt, ein besseres Leben und Sie schenken Ihren Kindern eine bessere Kindheit. „Starke Eltern haben starke Kinder", heißt es. Haben Sie keine Angst vor Stärke, doch hüten Sie sich vor Machtmissbrauch und Herrschaftsgelüsten. Diese Gratwanderung zu meistern, kann man üben und erlernen.

Wie in der Familie gestritten wird, liegt in Ihrem Einflussbereich. Sie haben die Macht, die Regeln zu bestimmen:

- durch eigenes Vorleben,
- durch altersgerechte Reflexion,
- durch das Absprechen und Einhalten von Regeln.

Es gibt Regeln, die ausdrücklich besprochen und vereinbart werden müssen, und es gibt ungeschriebene Gesetze. Verstehen Sie Familie nicht als Regularium, für das Sie ein eigenes Gesetzbuch entwickeln müssen, doch haben Sie keine Angst davor einzugreifen, wenn es notwendig ist.

Als Erwachsene leben Sie Ihren Kindern eine Streitkultur vor. Dazu gehören Selbstreflexion und Selbstdisziplin. Fangen Sie bei sich selbst an:

Wie gehen Sie selbst mit Konfliktsituationen um?

Wie reagieren Sie auf Verletzungen? Wie teilen Sie aus? Besprechen Sie Ihre Streitkultur mit Ihrem Partner.

Verbale Verletzungen und wiederholte Herabsetzungen haben nicht nur für die Paarbeziehung Folgen, sondern wirken sich auch auf die gesamte Familiensituation aus. Wird der Kampf zwischen den Eltern zum Dauerstress, reagieren die Kinder. Die ersten Regeln sollten Sie also für sich selbst aufstellen.

Streit im Kinderzimmer ist normal, überschreitet er aber körperlich oder verbal die Grenzen des Menschlichen, muss reagiert werden. In der unmittelbaren Situation hilft oft nur ein Machtwort. Scheuen Sie nicht, es auszusprechen, doch achten Sie unbedingt darauf, was Sie sagen. Das Machtwort sollte – je nach Situation – neutral sein: Trennen Sie die Kinder und befreien Sie sie damit aus der Gewaltspirale. Unterbrechen Sie den Kreis nicht mit einer Wertung, sondern neutral. Damit beenden Sie zunächst den Kampf.

Agieren Sie altersgerecht. Sind die Kinder kleiner, lenken Sie sie ab. Zwei Erwachsene vor Ort sind perfekt, wenn zwei Kinder voneinander gelöst werden sollen. Der eine geht zur Mama, der andere kommt mit dem Papa mit. Ein Ball oder ein Auto lösen die Situation als neue Attraktion. Ist nur ein Erwachsener zur Hand, ist etwas Fantasie gefragt. Womöglich löst man die Kinder mit einer gemeinsamen neuen Aktion. Lassen Sie möglichst kein Kind als „Straftäter" oder „Opfer" alleine sitzen.

Bei älteren Kindern kann ein einfaches „Lasst das, bitte!" Wunder wirken und den Streit für den Moment beilegen. Versuchen Sie auch hier, Alternativaktionen aufzuzeigen, bei denen die Kinder zur Besinnung kommen, Abstand zur Kampfsituation gewinnen oder zunächst auch einfach nur abgelenkt werden.

Bei ernstzunehmenden Auseinandersetzungen sollten Sie das Gespräch altersgerecht in ruhiger Atmosphäre suchen. Seien Sie sich dabei immer Ihrer Position bewusst: Sie sind der

Erwachsene, Sie haben die Möglichkeit zur Reflexion, Sie sind nicht direkt involviert. Hüten Sie sich davor, Urteile zu fällen, Geschwister gegeneinander auszuspielen oder Partei zu ergreifen. Ziehen Sie Grenzen, indem Sie darauf verweisen, dass Gewalt nicht geduldet wird. Vor allem aber versuchen Sie zu ergründen, was hinter dem Streit steckt.

## 3.8 Selbstbehauptung und Nachgeben

Selbstbehauptung ist ein weiter Begriff. Wird er auf die Persönlichkeitsentwicklung angewandt, geht es um das „Ich" und den Schutz seiner unveräußerlichen Rechte. Selbstbehauptung erlernen Kinder im Schutz der Familie, also unter Ihrer Aufsicht. Es ist Ihre Aufgabe, für den Schutz jedes Ihrer Kinder zu sorgen, sicherzustellen, dass jedes Kind an Geist und Körper unversehrt aufwächst und seine individuellen Neigungen entfalten kann.

Jeden Tag trainieren Kinder Selbstbehauptung. Jeden Tag leben und entwickeln sie ihre Ich-Kräfte. Zu den unveräußerlichen Grundrechten zählen Gesundheit, Freiheit, Würde und Eigentum. Große Worte, aber treffen diese auch auf einen Vierjährigen zu? Hat er diese Rechte und darf er sie einfordern?

Für viele Erwachsene schiebt sich die eigene Erziehung wie ein Riegel vor den unvoreingenommenen Blick. Selbst wenn sie diese Menschenrechte unbedingt bejahen, selbst wenn sie sich eine Erziehung ihrer Kinder wünschen, die diese stärkt und zu physisch und psychisch gesunden Menschen heranwachsen lassen soll, handeln sie unbewusst und unreflektiert dagegen.

Das Recht auf Gesundheit findet Zustimmung, doch schon das Recht auf Freiheit bei Kindern bietet Diskussionsstoff. Bei vielen Eltern ist das rechte Augenmaß verloren gegangen. Was bedeutet Freiheit für Kinder und wo setzt die Aufsichts- und Fürsorgepflicht der Eltern ein? Erziehung zur Freiheit ist möglich und Eltern sollten den Mut aufbringen, entsprechend zu erziehen. Laissez-faire ist keine Freiheit, sondern bringt im schlimmsten Fall Vernachlässigung und Überforderung mit sich.

Das Kind braucht Ihre lenkende Hand und Ihre Einsicht, was es selbst entscheiden kann. Die Grenzen der eigenen Entscheidungsfreiheit werden sich nach und nach erweitern. Anfangs halten Sie das Kind an der Straße fest. Später hat das Kind verstanden, worauf es im Straßenverkehr zu achten hat, sodass es eigene Entscheidungen treffen kann. Ebenso ist es im Streit: Anfangs begrenzen Sie als Eltern durch Vorleben oder ausgesprochene Regeln die Entscheidungen, später entscheidet das Kind selbst.

Wie steht es mit der Würde? Haben kleine Kinder eine Ehre oder Würde, die Erwachsene achten müssen? Sehr wohl, und nur wenn Sie die Persönlichkeit Ihres Kindes akzeptieren, kann es Stärke entwickeln und diese auch zeigen. Werten Sie das Kind ab, verletzen Sie seine Würde und können ihm nachhaltig schaden.

Auch Eigentumsverhältnisse sollten in der Familie akzeptiert werden. Begehen Sie niemals den Fehler, ein geschenktes Spielzeug einem Geschwisterkind abzunehmen, um es dem anderen zu schenken. Selbst wenn es um „Erbschaftsverhältnisse" geht, beteiligen Sie den Älteren unbedingt altersgerecht und lassen Sie ihn oder sie entscheiden. Ihre Tochter spielt nicht mehr mit den

Dinosaurierfiguren, der Kleine möchte sie so gerne haben. Beim nächsten Frühjahrsputz können Sie als Erwachsene anfragen, oft kommt das ältere Kind auch selbst darauf und gibt sein Spielzeug an die nächste Generation weiter.

Was resultiert daraus im Geschwisterstreit? Werden die Grundrechte in der Familie anerkannt, lernen die Kinder, sich selbst zu behaupten und angemessen für die eigenen Rechte einzutreten, und sie erwerben auch die Größe nachzugeben.

## 3.9 Kann man streiten lernen?

Jeder kann es lernen. Es gehört zum Leben dazu, denn Streiten bringt weiter – nicht als Kampf gegeneinander, sondern als konstruktive Suche nach Lösungen. Je selbstbewusster ein Mensch heranwächst, umso leichter fällt es ihm, konstruktiv an Konflikte heranzugehen. Für Eltern heißt das, destruktive Formen des Streitens zu erkennen und zu vermeiden. Dabei sollte zuerst beim Elternpaar selbst angesetzt werden. Negative Kommunikations- und Streitformen können durch konstruktive Formen ersetzt werden. Dazu ist zunächst abzuklären, welche Arten des Streitens negativ sind und destruktiv wirken:

- pauschalisierende Verallgemeinerungen als Du-Botschaften, wie „immer räumst du nicht auf" oder „nie kann man sich auf dich verlassen",
- Ablehnung nur aus der eigenen Sicht, ohne auf den anderen konstruktiv einzugehen und seinen Vorschlag zu analysieren und nach einem Kompromiss zu suchen,

- Verweis auf die Schwächen des anderen und Kritik ohne Anerkennung,
- dominante Kommunikation durch Beharren bis zum „Wer am lautesten schreit, hat recht",
- Formulieren von Forderungen, abkanzeln, übergehen des anderen,
- lächerlich machen und abwerten durch Gesten, Mimik und Worte; Ironie ist für Kinder oft vollkommen unverständlich, untergräbt das Vertrauen und verkompliziert die Kommunikation,
- Provokation durch Worte oder Gesten,
- verbale und körperliche Gewalt.

Positiv und für alle konstruktiv wirken:

- aktives Zuhören und somit den Standpunkt des anderen verstehen, um eine Lösung zu finden,
- nonverbale positive Signale senden,
- Empathie zeigen,
- Bereitschaft zum Kompromiss trainieren,
- auf Versöhnung und Verzeihen unter den Familienmitgliedern achten.

Die Suche nach einem Schuldigen ist meist weder förderlich noch angebracht. Was die Erwachsenen in jedem Fall beobachten sollten, sind die Bedürfnisse jedes Kindes: Sucht hier jemand Aufmerksamkeit und beginnt darum Streitereien? Fühlt er sich in der Familie nicht wohl, oder gibt es andere Gründe? Diese Fragen müssen sensibel und behutsam individuell angegangen werden.

# 3.10 Regeln finden

In der Familie sollte ein konstruktives Klima herrschen. Ungeschriebene Gesetze spüren die Kinder und nehmen sie über das Familienklima auf. Entscheidend dabei ist das Verhalten der Erwachsenen. Sie als Paar bilden den Leuchtturm, an dem sich alles orientiert. Sprechen Sie Regeln klar aus, wenn es notwendig ist. Erwarten Sie nicht, dass Ihre Kinder einen siebten Sinn entwickeln und mehr Empathie aufbringen als manche Erwachsene.

Wenn Sie Glück haben, können Sie Regeln im Vorübergehen besprechen und subtil in den Alltag einfließen lassen. Ist die Situation jedoch angespannt, muss ein klärendes Gespräch her – nicht gleich im versammelten Familienrat, sondern auch mal separat.

Fünf Grundregeln sollten in der Familie eingehalten werden:

## 1. Gewalt ist absolut tabu.

Schätzen Sie jedoch den Einsatz von Gewalt ein: Ein durch einen Zweijährigen geworfener Buddeleimer unterscheidet sich von dem durch einen Zehnjährigen geworfenen Gegenstand. Das kleinere Kind lenken Sie ab und zeigen ihm, wie man gemeinsam spielt. Beim Älteren darf es Sanktionen geben. In allen Altersklassen forschen Sie nach den Ursachen.

## 2. Emotionen sind erlaubt.

Man darf sich über laute Musik oder geklautes Spielzeug ärgern und das auch äußern, doch kommt es auf das „Wie“ an. Auch hier gilt: Deeskalation ohne Vorwürfe oder Zuschreibungen. Aktives Zuhören und Empathie helfen dabei, gemeinsam Lösungen zu finden. Wenn die große Schwester Hausaufgaben macht, haben die Kleinen die Wahl zwischen Toben im Garten oder ruhigerem Spiel im Zimmer. Die Lautstärke des Lieblingshörspiels wird in jedem Fall reduziert.

## 3. Fairness muss sein.

Ältere gehen nicht auf wesentlich jüngere los und mehrere auf einen schon gar nicht. Wenn gekämpft wird, muss es fair zugehen. Gerangel unter Geschwistern kommt vor und kann sogar positiv besetzt sein. Die Älteren sollten gelernt haben, übergriffige Kleine freundlich zurückzuhalten und ihnen Grenzen aufzuzeigen. Eltern vergessen manchmal, dass ein angriffslustiger Dreijähriger auch einem Neunjährigen Schmerzen zufügen kann. Nach Möglichkeit wird nicht zurückgedroschen, sondern abgewehrt. Im Ernstfall müssen und dürfen Mama und Papa eingreifen.

## 4. Konstruktiv streiten und Lösungen finden.

Kinder können wertschätzende Kommunikation lernen. Sie können sie formelhaft nachahmen, sie können sie in Geschichten und im Rollenspiel erfahren. Auf diese Weise üben sie auch den konstruktiven Dialog miteinander. Dazu gehört: zuhören und aussprechen lassen, Vorschläge überdenken und mit eigenen Vorstellungen zusammenführen, andere nicht beleidigen, Emotionen als Ich-Botschaften äußern, Schuldzuweisungen vermeiden.

### 5. Nachgeben, versöhnen und Frieden schließen.

Am Ende eines jeden Streits sollte die Versöhnung stehen. Starke Kinder sind kompromissfähig. Zumindest abends sollte keiner mit einem Groll gegen den anderen ins Bett gehen. Manchmal muss man Konflikte aushalten oder sich mit Unveränderbarem arrangieren, wenn beispielsweise die Schwester auf Klassenreise fährt und man selbst zu Hause bleibt, doch dann sollte es Möglichkeiten geben, die Situation zu akzeptieren.

# 4. Gemeinsam wachsen

## 4.1 Wir sind mehr

Die Ein-Kind-Familie ist nicht selten, doch wer mit Geschwistern aufwächst, hat mehr vom Leben. Die Interaktionen in einer Familie prägen und sind eine ständige Übung. Für die Eltern sind mehrere Kinder eine Herausforderung. Zeitlich und finanziell kommt einiges auf ein Paar zu. Doch täuschen Sie sich nicht: Oft ist es mit mehreren Kindern sogar einfacher als mit einem allein. Weil das ältere Kind mithilft und den Haushalt unterstützt? Keinesfalls. Es sind die Gruppendynamiken, die Sie beim Bewältigen Ihrer Erziehungsaufgabe positiv unterstützen können.

Dabei sollte man wesentliche Faktoren nicht übersehen, denn bestimmt ist auch Ihnen aufgefallen: In einigen Familien „klappt es“, in anderen „hängt der Haussegen schief“. Bestimmend bleibt das Paar. Verstehen sich die Eltern, haben sie als Paar eine Sprache gefunden, um konstruktiv miteinander umzugehen, herrscht eine positive Grundstimmung in der Familie.

Das bedeutet nicht, dass Sie jeden Morgen mit einem strahlenden Lächeln im Badezimmer stehen und Ihnen die Lösung jeder Aufgabe zur Zufriedenheit aller gelingt, doch es heißt, dass Sie die Sicherheit haben, Ihre Herausforderungen gemeinsam bewältigen zu können. Die Partner sollten sich darin einig sein, dass sie als Familie zusammenleben wollen. Das bedeutet kompromissbereit zu sein und nachgeben zu können, auf die anderen Mitglieder der Familie sowie auf die eigenen Bedürfnisse gleichermaßen zu achten.

Täuschen Sie sich nicht: Herausforderungen begegnen Ihnen nicht nur innerfamiliär, sondern werden auch von außen an Sie herangetragen. Eine große Familie mit Haus und Garten kann wunderbar sein, eine ebenso große Familie in einer kleinen Mietwohnung kann in bester Absicht eine ebenso große Belastungsprobe sein, der nicht alle standhalten.

Wer über angenehme Rücklagen verfügt, agiert anders als jemand, der auf sich allein gestellt ist und von dem monatlichen Ertrag von ein oder zwei Jobs leben muss. Für alles gibt es eine Lösung, doch schützen Sie sich vor Überforderung und betrachten Sie immer realistisch die gegebene Situation.

## 4.2 VERBUNDEN, GETRENNT

Geschwister müssen sich nicht lieben. Das ist für Eltern schwer nachvollziehbar. Viele Faktoren bestimmen das Verhältnis der Geschwister untereinander. Einige davon sind:

- das Alter,
- das Geschlecht,
- das Verhältnis zur Mutter,
- das Verhältnis zum Vater,
- besondere Talente,
- besondere Fertigkeiten.

Andere individuelle Faktoren, wie das Verhältnis zu den Großeltern oder sogar Lage und Größe der Zimmer, können hinzukommen.

Die Zeit der Bindung nach der Geburt eines Geschwisterkindes ist auch für die Kinder wichtig. Sie spüren, dass sie dazugehören und lernen das Baby auf dieser Basis kennen. Sie nehmen das Kind mit der Zeit an und fühlen sich mit ihm verbunden. Sie entwickeln ein emotionales Band. Erfahren sie weiterhin Beachtung durch Verwandte und Freunde und fühlen sich nicht verdrängt, kann sich das positiv auswirken. Sie sind sogar stolz auf das Geschwisterchen und verfolgen neugierig seine Entwicklung.

Diese Verbindung kann sehr tief gehen und bei den Geschwisterkindern Kraft und Bereitschaft wecken, für das neue Kind da zu sein. Erfolgreiches Verbinden hilft über manche Durststrecke hinweg und sorgt für ein besseres emotionales Verständnis. Der Bindungsprozess braucht jedoch Zeit. Er muss nicht gleich nach der Geburt stattfinden, doch es ist förderlich, wenn das ältere Geschwisterkind oder die Geschwisterkinder in den ersten Stunden nach der Geburt anwesend sein dürfen.

Dennoch kann es passieren, dass Ihre Dreijährige plötzlich nach dem Baby schlägt oder sich zurückzieht. Verlieren Sie keines Ihrer Kinder aus den Augen. Das ist nicht immer leicht. Als Paar sollten Sie die Aufgaben verteilen, damit jedes Kind sich aufgehoben fühlt. Bereiten Sie schon vor der Geburt für die älteren Kinder etwas vor, damit diese sich gewürdigt und wahrgenommen fühlen. Das kann jeweils etwas sein, dass das einzelne Kind besonders gerne mag, oder eine Überraschung für alle zusammen.

Der Beginn mit dem „neuen Kind“ ist wichtig und hat Folgen, doch gibt es immer Herausforderungen, die Sie nicht voraussehen und planen können, sei es eine schwierige Geburt, sei es ein unvorhergesehener wichtiger Auftrag, um den sich der Vater beruflich kümmern muss, oder eines der älteren Kinder durchlebt eine schwierige Zeit. Sie müssen situativ entscheiden. Sie können und dürfen das auch.

Wichtig ist, dass Sie die Aufgaben annehmen. Familie ist ein dynamisches Gebilde, das sich immer wieder neu formiert, gleichzeitig einige Konstanten haben sollte. Doch auch diese Konstanten unterliegen unberechenbaren Einflüssen. So kann die Großmutter ein Fixpunkt für Ihre Kinder sein, doch plötzlich geht es ihr nicht gut und sie braucht selbst Hilfe und Ruhe. Als Eltern müssen Sie Familie als dynamisches Gebilde verstehen, das systemisch gedacht werden muss. So erschließen Sie sich Möglichkeiten, Ihre Kinder besser zu verstehen, Handlungsräume und Alternativen zu erkennen und Kraftorte in Ihrer Beziehung zu entdecken.

## 4.3 Nicht mit dir und nicht ohne dich

Kinder sind oft hin- und hergerissen. Eltern irritiert das Agieren aus dem Moment heraus. Eben noch waren die zwei zuckersüß miteinander und plötzlich gibt es Tränen und Geschrei. Warum sind Beziehungen zwischen Geschwistern nicht harmonisch und stabil? Woher kommen diese plötzlichen Ausbrüche?

Haben Sie sich einmal selbst beobachtet? Sie lieben Ihren Partner nicht konstant auf die immer gleiche Weise. Manchmal würden Sie am liebsten durch die Decke gehen. Oft ist der Partner gar nicht primär beteiligt, sondern Sie suchen einen Blitzableiter, weil etwas anderes schief läuft. Sie bauen über Ihren Liebsten Stress ab. Einen Grund zum Streiten findet man immer. Manchmal ist es der eine berühmte Tropfen, der das Fass zum Überlaufen bringt, doch eigentlich haben Sie ganz andere Probleme als die nicht weggebrachten Pfandflaschen oder die offene Zahnpastatube.

Während Sie sich vermutlich noch zusammenreißen können, gelingt das Kindern nicht so leicht. Der Weg von der Aktion zur Reaktion ist wesentlich kürzer. Reflexhaft wird nach der Buddelform gegriffen, ebenso reflexhaft schlägt der andere zu. Eben noch freut man sich, allein bei der Kindergartenfreundin zu schlafen, und plötzlich will man nur noch nach Hause zu Mama, Papa und den Geschwistern – das Heimweh hat einen von einer Minute zur anderen gepackt.

Liebevolle Zuwendung und Zoff schließen sich bei Geschwistern nicht aus. Abgrenzung will gelernt sein und ist Teil der Persönlichkeitsentwicklung. Der Streit unter Geschwistern wird zunächst oft hemmungslos geführt. Gleichzeitig entsteht der Druck, eine Lösung zu finden, denn die Feinde leben unter einem Dach, Zimmer an Zimmer oder sogar im selben Raum zusammen.

Die Lösung des Dilemmas erfolgt individuell. Jedes Kind muss mit sich selbst ins Gericht gehen, Strategien entwickeln, Rückschläge einstecken und den Weg zur Vergebung finden. Sind die Geschwister beinahe in einem Alter und Spielkameraden, werden sie sich schneller vertragen. Ist der Altersunterschied größer, wird der Ältere vermutlich reifer reagieren und die Hand zum Friedensschluss ausstrecken.

## 4.4 Sich eigenständig abgrenzen lernen

Sich abgrenzen können, ist eine wesentliche Eigenschaft. Sie erfolgt als Entelterung, ist mit Schmerzen, Angst und einer Begeisterung für das Neue verbunden. Sie ist aber auch Selbstschutz. Manchen Kindern fällt es leicht, sich abzugrenzen. Für andere ist es ein schwieriger Akt, der sie vor eine große Herausforderung stellt.

Abgrenzung erfolgt geistig als Äußerung des Willens und ist mit dem Bestreben verbunden, eigene Wünsche durchzusetzen. Abgrenzung erfolgt körperlich und reicht von der Entwöhnung und Ablösung des Stillens über die Abgrenzung des Körpers bis zur Abgrenzung beim Besitz von Spielzeug oder dem eigenen Raum. Es sind also drei wesentliche Bereiche menschlicher Existenz, die mit eigener Abgrenzung und dem selbstständigen Setzen von Grenzen verbunden sind.

Dabei kommt es zu Konflikten im inneren wie im äußeren Raum. Angst ist ein Element, Stress tritt auf. Die entstehenden Spannungen können sich als Aggressionen oder Albernheiten äußern. Das Kind muss sich selbst erst wieder ins Gleichgewicht bringen. Vergleichbar ist dieser Prozess mit den Empfindungen, die Sie haben, wenn Sie Ihre Komfortzone verlassen. Sie wagen einen Schritt ins Neue, freuen sich, spannen alle Kräfte an und fühlen gleichzeitig ein Unbehagen. Was wird Sie erwarten? Werden Sie alle Anforderungen bewältigen?

Als Erwachsener können Sie mit dieser Anspannung bewusster umgehen. Viele treiben in solchen Phasen vermehrt Sport, andere haben ein erhöhtes Schlafbedürfnis, die nächsten meditieren. Kinder hingegen haben diese Bewusstheit noch nicht. Sie kennen keine Strategien, um mit Ängsten umzugehen. Doch Abgrenzung erfolgt in Form von Trennung sowie durch den Wunsch nach eigener Aktivität.

Wie können Sie Ihr Kind dabei unterstützen? Zunächst, indem Sie jedem Kind das größtmögliche Urvertrauen vermitteln. Das Baby muss sich auf Sie verlassen können. Es braucht Wärme und bedingungslose Annahme. Zeigen Sie Ihrem Kind, dass es sich auf Sie verlassen kann. Die erste Abgrenzung erfolgt bereits bei der Geburt, der nächste Schritt ist das Schlafen neben dem Bett der Mutter, später kommt die Entwöhnung von der Brust, gleichzeitig beginnt das Baby zu robben, zu krabbeln, selbstständig zu sitzen, sich aufzurichten und später zu laufen. Das Kind möchte sich bewegen, es strebt von den Eltern fort und vergewissert sich durch Blicke und durch Rückkehr ihrer Gegenwart.

Unterstützen Sie das Kind bei seinen Bestrebungen, die Welt zu entdecken. Loben Sie es, richten Sie die Umwelt kindersicher ein und ermutigen Sie Ihr Kind zu kleinen Expeditionen. Erweitern Sie schrittweise den Radius. Das klingt anspruchsvoll, das ist es auch, und es geschieht fast automatisch. Sie leben dieses Programm bereits und machen vieles unbewusst richtig. In diesen Phasen betreiben Sie gleichzeitig eine Art Power-Coaching, das es Ihrem Kind ermöglicht, Urvertrauen und Ich-Stärke zu entwickeln. Diese wiederum braucht Ihr Kind im weiteren Abgrenzungsprozess.

## 4.5 Mein Raum, dein Raum

Bereits im Sandkasten können Sie beobachten, wie Räume abgegrenzt und erobert werden. Kinder agieren untereinander. Sie gestatten oder verteidigen das Betreten und Eingreifen in ihren Raum. Mitunter wendet sich die Situation blitzschnell, aus dem akzeptierten Mitspieler wird ein Feind oder Gegner. Eine Grenze wurde überschritten, ob von beiden Seiten aus bewusst oder unbewusst. Vielleicht liegt ein bewusster Grenzübertritt vor, in dem Sinne, dass das Backförmchen und der Platz zum Spielen neu besetzt werden, oder die Grenze wurde gar nicht erst klar gezogen – eben noch hat sich das eine Kind gar nicht für die Sandbackform interessiert, doch jetzt empfindet es die Benutzung des Förmchens durch einen anderen als Verlust und reagiert entsprechend impulsiv.

Unverhältnismäßig wäre es, an dieser Stelle mit den Zweijährigen Eigentums- und Grenzverhältnisse zu diskutieren. Sie brauchen auch nicht zu fragen, wie sich die Kinder fühlen. Die Kinder können die Situation nicht reflektieren und auch nicht über ihre Emotionen sprechen. Bricht ein Streit aus und eskaliert, lenken Sie von diesem ab und stellen Sie den Frieden wieder her.

Über eine solche Situation lernen die Kinder, Grenzen selbst deutlich zu setzen, wenn sie es wirklich wünschen, und sie auch zu verteidigen. Sie lernen außerdem, dass Kompromisse wichtig sind, wenn man zusammen spielen möchte, weil man sonst irgendwann alleine im Sandkasten sitzt.

Dieses Raumverständnis betrifft den eigenen Körper ebenso wie den Besitz von Buddelformen und CDs sowie das eigene Kinderzimmer in Abgrenzung zu anderen Räumen. Kinder lernen, anderen Kindern notwendige Grenzen aufzuzeigen und sich zu behaupten. Im Geschwisterstreit üben sie dieses notwendige Grenzen-Ziehen.

## 4.6 Das gehört mir – Besitzansprüche formulieren

„Das ist meins!" – viele Eltern hören den Satz nicht gern, dabei hat er viele positive Aspekte, zeugt von Ich-Stärke, Selbstwahrnehmung und Selbstbewusstsein. Jeder Erwachsene besitzt Dinge, die er materiell und geistig als sein Eigentum betrachtet und bezeichnet. Jeder Erwachsene hat bereits Situationen erlebt, in denen ihm sein Eigenes streitig gemacht wurde – sei es beruflich bei der Bewertung von Arbeitsergebnissen oder in Beziehungen, wenn eigene Vorlieben, Interessen und Wünsche verletzt wurden.

Der formulierte Besitzanspruch ist nicht zuerst ein Ausdruck von Egoismus, sondern vielmehr ein wichtiger Schritt auf dem Weg zum eigenen Ich als Ausdruck von Selbstbewusstsein. Wer sich ein mutiges, starkes Kind wünscht und will, dass sein Kind selbstbewusst Herausforderungen begegnet, der sollte es in Phasen der Abgrenzung unterstützen. Das kann während Trotzalter und Pubertät eine ganz besondere Aufgabe sein, der sich Eltern nicht entziehen dürfen. Mit Fantasie und eigener Ich-Stärke können Sie Ihrem Kind in diesen Lebensabschnitten beistehen.

Das Verhältnis zwischen den Geschwistern, ihr Kampf und ihr Streit bekommen eine ganz andere Dimension, wenn Sie die Perspektive ändern und als Eltern verstehen, was eigentlich verhandelt und geübt wird. Dabei sollten altersgerechte Hilfestellungen gegeben und Grenzen eingehalten werden, die in der Familie für das Streiten festgesetzt wurden.

## 4.7 Das kann ich besser als du!

Konkurrenzverhalten ist an sich nichts Negatives. Es begegnet uns im sportlichen und geistigen Wettkampf, es zeigt sich in der Schule und im Berufsleben. Schnell sind Erwachsene auch hier mit einem Werturteil dabei, wobei das Konkurrenzverhalten als negatives Gegenstück zum sozialen Verhalten angesehen wird. Dies geht nicht nur an den biologischen und neurologischen Fakten vorbei, sondern ist auch scheinheilig und verstellt gleichzeitig den Blick auf die eigenen Kinder.

Kleine Jungen lieben Wettkämpfe. Gerade im Grundschulalter möchten sie sich körperlich untereinander messen, in der Bewegung mit- und gegeneinander agieren, um herauszufinden, wer der Beste ist. Das ist hormonell bedingt. Mädchen haben daher in der Grundschulphase oft bessere Noten. Das System entspricht ihnen eher. Kleine Jungs werden zu Problemfällen erklärt, dabei verhalten sie sich lediglich nicht regelkonform und das noch nicht einmal bewusst. Unter anderen Lern- und Lehrmethoden würden sie deutlich besser abschneiden, tatsächlich mehr lernen und späteren Herausforderungen womöglich entgehen. Vieles ergibt sich erst aus der Etikettierung als „Problemkind“.

Hüten Sie sich vor diesem systembedingten Fehler in der Familie. Betrachten Sie Wettbewerbe nicht als etwas Negatives, sondern als das, was sie sind: ein lustvolles Agieren und Ausprobieren, ein Feld, auf dem Niederlage und Gewinn trainiert werden, auf dem ein spielerisches Verhalten dem „Gegner“ gegenüber trainiert wird. Verdeutlichen Sie sich selbst vor allem eins: Jedes Kind hat Stärken. Diese gilt es zu entdecken und zu fördern. Gestalten Sie die Wettbewerbe entsprechend. Im Ergebnis siegt jeder einmal und gleichzeitig lernen die Kinder, andere in ihrer natürlichen Autorität zu akzeptieren, sich für sie zu freuen, ihnen zu gratulieren.

Verwechseln Sie nicht Leistungsstress und Bewertung mit natürlichem Wettbewerb und fröhlichem Spiel. „Das kann ich besser als du“, hört sich dann gleich ganz anders an und eröffnet viele Möglichkeiten vom anerkannten Spezialistentum bis zur Arbeitsteilung und zur gegenseitigen Unterstützung. Es ist toll, wenn die große Schwester ein Fußball-Ass ist und ihrem kleinen Bruder Tricks zeigen kann. Es ist fantastisch, wenn der große Bruder tolle Ideen für Kochrezepte hat und ihm einfach jeder Kuchen gelingt. Man kann sich in der Küche etwas zeigen lassen und sogar vom Naschen profitieren!

## 4.8 Mamas Liebling, Papas Schatz...

Kinder entwickeln mit dem Heranwachsen unterschiedliche Strategien, um sich ihre Wünsche innerhalb der Familie zu erfüllen. Sie versuchen, sich die Aufmerksamkeit ihrer Eltern zu sichern, was sich als angepasstes oder als bewusst auffälliges Verhalten äußern kann. Dieses kann und wird in Konkurrenz zu den eigenen Geschwistern geschehen. Es kann sich auch auf einzelne Elternteile konzentrieren.

Wer taktierend den Papa für sich einnimmt, um Wünsche gegen die Mama durchzusetzen, geht von einem Ungleichgewicht aus. Müssen Sie als Paar immer einstimmig reagieren oder sind solche Allianzen in der Familie statthaft? Entscheiden Sie das als Familie individuell und achten Sie auch hier darauf, als Eltern Grenzen zu setzen.

Bewusstes Lügen und Gegeneinander-Ausspielen sollten geahndet werden, während die Absendung eines Parlamentärs der Geschwister zu einem Elternteil, um einen Ausflug, ein Geschenk oder ähnliches zu erwirken, durchaus als positive Idee gewürdigt werden kann, wenn Sie dann wieder gemeinsam als Paar entscheiden und auftreten.

Sicher werden Sie beobachten, wie sich die Interaktionen in Ihrer Mehr-Kinder-Familie verändern. Es wäre falsch, das zu leugnen. Nach der Geburt eines Babys wird die Mutter zunächst mehr Zeit mit diesem verbringen. Es muss nachts gestillt und tagsüber betreut werden. Der Rhythmus der Mutter passt sich den Bedürfnissen des Familienmitgliedes an, das am meisten ihrer Fürsorge bedarf. Vater und älteres Geschwisterkind sollten enger zusammenrücken, werden mehr Zeit miteinander verbringen und dabei auch mehr Gemeinsamkeiten entwickeln.

Betonen Sie solche Zuordnungen und Konstellationen nicht verbal, damit sie nicht zu selbsterfüllenden Prophezeiungen werden, aber besetzen Sie sie auch nicht positiv oder leugnen Sie sie. Akzeptieren Sie einfach wertfrei die Dynamiken in Ihrer Familie.

## 4.9 Konkurrenzverhalten steuern und ausgleichen

Wie lässt sich Gerechtigkeit in der Familie leben? Wollen Sie alle Kinder gleich behandeln? Spontan werden Sie mit einem klaren „Ja“ antworten, doch bei genauerer Überlegung stellt sich heraus, dass dieses „Ja“ noch nicht einmal im Idealfall stimmig sein kann. Ihre Definition von Gerechtigkeit würde an Gleichmacherei grenzen. Sie müssten festlegen, was alle haben können und alle gleichermaßen haben dürfen. Damit nehmen Sie jeder Individualität den Raum und verhindern die persönliche Entwicklung Ihrer Kinder.

Ihre Kinder unterscheiden sich. Zum einen ganz sichtbar in Alter und Größe, aber auch in ihrer jeweiligen Situation. Das älteste Kind besucht bereits den Kindergarten oder die Schule, das jüngste liegt noch in der Wiege. Doch Ihre Kinder haben auch ganz unterschiedliche Bedürfnisse und mit den Jahren werden sie unterschiedliche Vorlieben, Lieblingsbeschäftigungen, Fähigkeiten und Fertigkeiten entwickeln. Lassen Sie Ihrem Langstreckenläufer den Spaß und unterstützen Sie ihn, doch erklären Sie seine Sportbegeisterung nicht zur Norm. Schenken Sie Ihrem Literaturfreund Bücher und zeigen Sie ihm, wie toll Sie seine Begeisterung für das Lesen finden, doch spielen Sie nicht Sport und Literatur gegeneinander aus.

## 4.10 Kindheit als Familie gestalten

Wenn Sie sich die Zeit nehmen und Ihre Kinder, jedes für sich, wirklich kennenlernen, dann schaffen Sie eine gute Basis für das Zusammenleben in der Familie und das Heranwachsen Ihrer Kinder. Sie können Erziehung und Leben nicht trennen. Das Leben haben Sie bereits in seiner wechselhaften Art kennengelernt. Sie wissen, dass die Zukunft nicht minutiös planbar ist. Sie haben erlebt, wie schnell man auf plötzliche Ereignisse reagieren muss, doch in der Familie erwarten Sie Beständigkeit. Sie schaffen durch Ihre Erwartungen Muster für ein Bild, das gar nicht existiert.

Um Kindheit in einer Mehr-Kinder-Familie zu gestalten, sollten Sie zunächst beobachten lernen und verstehen, dass Ihre Familie, genau wie alles Lebendige, dynamischen Prozessen unterliegt. Verändern Sie Ihre Perspektive, erschließen Sie sich neue Möglichkeiten des Umgangs miteinander. Auf diese Weise wachsen Respekt, Wertschätzung und Anerkennung. Pflegen Sie eine warme, liebevolle Atmosphäre und haben Sie Vertrauen, so schaffen Sie gemeinsam mit allen anderen die besten Ausgangsbedingungen für jeden Einzelnen in Ihrer Familie.

# 5. Ursache und Wirkung

## 5.1 Wie entsteht Geschwisterstreit?

Streit zwischen Geschwistern kann aus unterschiedlichen Anlässen ausbrechen und unterschiedliche Ursachen haben. Manchmal ist er wie ein Schatten vor der Sonne, manchmal wie ein reinigendes Gewitter.

Es lohnt sich, über Streit nachzudenken und zwischen Streitformen zu differenzieren:

1. Unbewusstes Streiten entsteht aus reflexhaften Bewegungen und intuitiven Missverständnissen. Es ist der plötzliche Schlag im spielerischen Balgen, das plötzliche körperliche Aneinandergeraten im Spiel, aus dem ein handfester Streit wird.

2. Bewusstes Streiten um Besitz oder Raum – hier greift ein Kind in den Raum oder die Besitzverhältnisse des anderen ein. Um den Besitz des Spielzeugs wird gekämpft.

3. Streit um die Anerkennung von Leistungen: Ein Kind fühlt sich ungerecht behandelt. Es hat genauso gut Geige gespielt wie das Geschwisterkind, es war genauso gut im Fußball oder hat ebenso im Garten geholfen, fühlt sich jedoch zurückgesetzt und zu wenig gelobt.

Die Ursachen für Streit können tiefer liegen:

1. In der Familie hat sich eine Rangfolge etabliert, bei der ein Kind ausgegrenzt wird oder immer als letztes kommt.

2. Das Kind fühlt sich allein und wird in seinen Bedürfnissen nicht gesehen. Um aus der Einsamkeit herauszukommen, sucht es nach Aufmerksamkeit durch Streit.

3. Die Situation in der Familie ist aus emotionalen oder materiellen Gründen angespannt. Der Stress der Eltern überträgt sich auf die Kinder, die die Spannungen im Geschwisterstreit ausagieren.

4. Die Eltern streiten oft. Die Kinder folgen ihrem Beispiel.

5. Beengte Wohnverhältnisse, wenig Zeit und andere Einschränkungen können zu Streit zwischen Geschwisterkindern beitragen.

6. Ein nicht passender Kindergarten oder eine nicht passende Schule führen zu innerem Druck und Spannungen, die über den Geschwisterstreit temporär gelöst werden.

7. Ein Kind wird im Kindergarten oder in der Schule zum Opfer von Mobbing und gibt diese Erfahrung als Mobbender und Streitender an jüngere Geschwister weiter. So kann es sein eigenes Selbstwertgefühl ausbalancieren und als Herrschender auftreten.

8. Unausgeglichenheit und Stress der Eltern übertragen sich. Fühlt sich die Mutter nicht wohl, kann sie sich nicht wie gewohnt und erwartet um ihre Kinder kümmern, versuchen diese durch Streit die Aufmerksamkeit und Fürsorge der Mutter zu gewinnen.

Bevor Streit bewertet wird, sollten Sie versuchen, sich über die Natur des Geschwisterstreits Klarheit zu verschaffen, sodass Sie ihn für sich als tiefgreifend oder temporär einstufen und entsprechend handeln können. Ihre Aktion ist immer dann gefordert, wenn die Ursachen tiefer liegen oder Sie selbst die Ursache sind.

## 5.2 Streit richtig einschätzen

Die Idealvorstellung einer heilen, immer harmonisch in sich ruhenden, stets liebevoll einander zugewandten Familie setzt Menschen unter Druck. Viele Eltern meinen, sie müssten genau diesem Bild entsprechen. Gerade sehr engagierte Eltern laufen Gefahr, genau das Gegenteil zu erreichen, wenn sie dieser Vorstellung anhängen. Trotz ihres Engagements kommt es zum Streit zwischen den Eltern, zwischen den Geschwistern, zwischen Eltern und Kindern. Sie beginnen, nach dem Schuldigen zu suchen. An ihnen selbst kann es nicht liegen, sie sind ja so engagiert und geben so viel. Die Familie ist ihr ein und alles. Liegt es am Partner? Arbeitet er zu viel oder zu wenig? Kümmert er sich nicht genug? Oder liegt es an den Kindern? Sind sie zu undankbar, zu dumm, zu streitsüchtig?

Schnell rutschen diese Eltern, die nur das Beste wollen, in Schuldzuweisungen ab. Nicht selten kommt es zu unangemessenen

Sanktionen, die Kinder und der Partner sollen gehorchen, damit alles schön wird. Oft wird Gewalt in der Familie durch falsche Erwartungen ausgelöst, denen niemand entsprechen kann. Befreien Sie sich von den Werbebildern der glücklichen Mehrkind-Familie und orientieren Sie sich an der Realität.

Bei einigem Überlegen merken Sie selbst, dass die Vorstellung einer streitlosen Familie nicht nur illusorisch und falsch, sondern auch kontraproduktiv wäre. Streit bringt die Familie voran, Streit führt zur individuellen Entwicklung, Streit ist als Abreagieren auch ein Ventil und das Schönste am Streit ist, dass man sich versöhnen kann.

Sie sollten daher lernen, Streit zu akzeptieren und ihn richtig einzuschätzen, um maßvoll und angemessen mit ihm umgehen zu können. Bei älteren Kindern ist man oft gar nicht mehr gefragt. In der Regel gehen Teenager nicht gewalttätig aufeinander los, also vertrauen Sie Ihren Kids, dass diese selbst eine Lösung finden. Rauben Sie Ihnen nicht die Freude an der Auseinandersetzung und die Möglichkeit des effizienten Lernens.

Die Familie ist der ideale Ort, um eine Streitkultur zu etablieren und Strategien zu erlernen. Nur hier kann man, unter Einhaltung von Basisregeln, ungestraft ausprobieren, was in der Außenwelt sofort mit Zuschreibungen sanktioniert wird.

Wichtig ist das Beachten der Basisregeln – Gewalt körperlicher und verbaler Art ist und bleibt tabu – alles andere kann probiert werden. Vom Schweigen bis zur Verweigerung gibt es viele Möglichkeiten sich zu widersetzen und sich zu zanken. Doch behalten Sie Ihre Kinder auch immer im Auge. Solange nichts

Tiefgründiges dahintersteckt, ist Streiten in jedem Alter in angemessener Weise in Ordnung, meinen Sie jedoch, Signale zu erkennen, die auf Kummer und Ängste verweisen, sollten Sie respektvoll und sensibel nachforschen, damit verschwiegener Schmerz ergründet wird und geholfen werden kann.

## 5.3 Einmischung ab wann?

Bis Mitte des 20. Jahrhunderts ging man davon aus, dass Kinder Objekt der Erziehung seien. Der Erwachsene gäbe ihnen vor, wie sie sich zu verhalten hätten. Das Kind wurde wie eine leere Tafel angesehen, die es zu beschriften galt. Diese Theorie ist längst widerlegt. Abgelöst wurde sie von der antiautoritären Erziehung, die das Kind als gleichberechtigtes Individuum sah. Später ergab sich, dass sowohl die autoritäre, auf reinen Gehorsam zielende, als auch die antiautoritäre, in Richtung laissez-faire gehende Erziehung ganz ähnliche Ergebnisse erbrachten. Die Kinder waren überfordert und wurden nicht in ihrer individuellen Eigenheit gesehen. Sie wurden mit vorgefassten Mustern konfrontiert, denen sie zu entsprechen hatten. Bei beiden Erziehungsarten ergaben sich Formen psychischer Verwahrlosung.

Beide Formen problematisierten auch den Streit. Bei der autoritären Form hatten Kinder nicht zu streiten, sondern sich diszipliniert in die Familie einzufügen, bei der anderen Form wurde Streit negativ besetzt, Ziel war die friedliche Synthese, bei der sich das Kind mit wechselnden Familienformen orientierungslos auseinandersetzen musste. Die Überforderung schlug nicht selten in Aggression oder Rückzug um, oft verhielten sich Kinder aus solchen Zusammenhängen sehr konservativ oder zeigten scheinheilige Züge.

Kinder bringen soziale Kompetenzen mit auf die Welt. Sie erleben bereits im Bauch der Mutter ihr Umfeld und reagieren darauf. Sie fühlen sich gestresst, wenn es Streit gibt. Sie können die Stimmen von Mutter, Vater und ihren Geschwistern von fremden Stimmen unterscheiden. Diese Kompetenzen erweitern sich vom Tag der Geburt an. Sie können also davon ausgehen, dass Kinder als Subjekte handeln.

Dennoch brauchen Kinder Führung. Sie sind nicht in der Lage, Gefahren abzuschätzen, sie sind nicht gleichberechtigt. Erwachsene müssen den Überblick wahren und ihrem Kind sukzessive Handlungsfreiheit gewähren. Genau dieses Verhalten wird auch beim Streit von Eltern gefordert. Reagieren Sie nicht auf jedes laute Wort, ersticken Sie nicht jede Auseinandersetzung im Keim, nur weil es nicht in Ihr Bild passt, dass Kinder streiten. Sie erziehen ihre Kinder sonst zu Scheinheiligkeit und zum Unterdrücken, nicht zum Beherrschen der eigenen Gefühle. Greifen Sie ein, wenn es physisch oder psychisch gefährlich wird, doch lassen Sie Ihre Kinder agieren, solange diese Grenze nicht erreicht ist.

## 5.4 Effizientes Streitschlichten durch Erwachsene

Agieren Sie unbedingt altersentsprechend. Kleinere Kinder in Diskussionen zu verwickeln oder mit mediativen Techniken zu konfrontieren, ist nicht sinnvoll. Die Kinder verstehen sie nicht und haben auch nicht die Möglichkeit adäquat zu antworten. Sie überfordern die Kinder an dieser Stelle. Ein positiver Effekt könnte sein, dass Ihr Gesprächsangebot als Ablenkung wahrgenommen und der Streit dadurch beendet wird. Das ist jedoch ein zufälliger Effekt, den Sie auch gezielt mit bewussten Ablenkungen herbeiführen können. Beharren Sie auf einem Gespräch werden Sie wahrscheinlich eine Kontrareaktion erleben. Das Kind spürt die Überforderung, es fühlt sich in die Ecke gedrängt und gezwungen, es entwickelt Gefühle wie Wut und Trotz oder auch Ohnmacht, wenn es sich ausgeliefert fühlt und in sein Schicksal ergibt. Vermeiden Sie solche Erlebnisse.

Bei jüngeren Kindern ist Ablenkung das Mittel Ihrer Wahl. Wechseln Sie gemeinsam mit den Kindern den Ort, rufen Sie sie zu einem kleinen Imbiss oder beginnen Sie ein neues Spiel, um die Situation zu deeskalieren.

Bei Herausforderungen mit Folgen wie Beißen oder Schlagen trösten Sie das verletzte Kind, doch lassen Sie den Verursacher nicht außen vor. Ein klares „Nein" ist angebracht, Ursachensuche ist sinnvoll, wurde im Affekt gebissen und ist der Beißende selbst erschrocken, beschränken Sie ihn angemessen in seinem Denken und bringen ihm gleichzeitig Verständnis entgegen. Lächeln Sie das Kind in diesem Moment nicht an. Es weiß dann nicht, ob Sie sich freuen, weil es zugebissen hat, und kann nicht einschätzen, was Sie ihm verbal mitteilen.

Bei älteren Kindern ist eine gewaltfreie Streitkultur, die auf Lösungen orientiert, das Ziel. Die klassische Mediation bietet Ihnen Möglichkeiten, die Situation zu klären. Lassen Sie sich nicht zum Richter machen, sondern ermöglichen Sie den Kindern eine Konfliktlösung. Holen Sie die Kinder aus dem Teufelskreis, indem Sie nicht richten, sondern sich beide Standpunkte anhören und gezielte sachbezogene Fragen stellen. Sie kommen damit aus der gewaltgeladenen Situation hin zu einer partnerschaftlichen Lösungssuche. Wurde ein Kind verletzt, sind hier allerdings Sanktionen angebracht. Reagieren Sie jedoch nicht aus dem Affekt heraus. Lösen Sie die Situation auf, indem Sie den Verletzten in Obhut nehmen und versorgen. Richten Sie zunächst nicht, sondern suchen Sie im Anschluss das Gespräch mit jedem einzelnen Jugendlichen.

Die Rationalisierung im Moment des Streites gelingt durch einfache Fragen, die auf die Sachebene zurückführen. Zeigen Sie Verständnis für die Emotionen beider Seiten und bitten Sie, dass Ihnen erklärt wird, worum es ursprünglich ging. Lassen Sie die anderen aussprechen und achten Sie darauf, dass beide Kinder oder beide Jugendliche auch aussprechen dürfen. Eine konstruktive weitere Möglichkeit ist, dass Sie Lösungsvorschläge unterbreiten, die weiter diskutiert oder angenommen werden oder dass Sie von jedem der Streitenden einen Lösungsvorschlag erfragen.

## 5.5 Streitstrategien in der Familie lehren

Eine schnelle Lösung wird von Erwachsenen oftmals gewünscht. Gerade Eltern, die Harmonie lieben, werden sich über ein rasches Miteinander freuen. Diese Lösungen lassen sich herbeiführen, doch sie sind meist nicht tragfähig, da weder alle Bedürfnisse wahrgenommen, noch berücksichtigt wurden.

Eine Klärungsphase braucht Zeit und eine neutrale Moderation. Lassen Sie jeden zu Wort kommen und ausreden. Was sich selbstverständlich liest, ist oft gar nicht so leicht umsetzbar.
Man muss es aushalten können, dass der andere seinen Redebeitrag beendet. Ist man selber voller Emotionen, fällt das schwer.

Bei Kindern ab 3 ½ oder 4 Jahren können Sie einen Redestein, ein Redekuscheltier oder einen Redestab einführen. Nur der spricht, der den Redestein hat. Alle anderen hören zu. Wählen Sie dazu immer den gleichen Gegenstand, um Kindern das Prinzip im wahrsten Sinne des Wortes begreifbar zu machen.

Bei älteren Kindern, selbst bei Jugendlichen und Erwachsenen lässt sich der Wechsel von Reden und Zuhören mit einem Schmeichelstein trainieren. Diese Halbedelsteine fassen sich angenehm an und wirken nicht kindisch. Selbst als Paar können Sie bei Kommunikationsherausforderungen so einen Stein nutzen, der gleichzeitig entspannende Wirkung hat. Hier kann auch derjenige den Stein nutzen, der zuhört.

Moderieren Sie Gespräche konstruktiv, indem Sie positive Akzente als Ich-Botschaften setzen. Loben Sie Ansätze und Empathie im Sinne von: „Mir fällt auf, dass Ihr an diesem Punkt gleicher Meinung seid. Das ist toll. Welche Ideen habt Ihr, um …“ Lenken Sie vom Positiven auf gemeinsame Aktionen.

Sie können diese auch visualisieren und damit in eine konkrete konstruktive Arbeit einsteigen. Bei kleineren Kindern lenken Sie direkt in die Aktion ein: „Holt einmal Stifte und Papier.

Wir malen das auf und überlegen gemeinsam, was …". Allein durch die Bewegung und die gezielte Aufgabe schaffen Sie Raum für Gespräch, Konfliktlösung und die Arbeit am Ziel.

Sie werden als Mediator auch Verweigerung erleben. Das Kind wendet sich ab, verschränkt die Arme, möchte nicht sprechen. Es hat das Recht auf diese Reaktion. Sprechen Sie das Kind nicht tadelnd als Verweigerer an, sondern ermuntern Sie es freundlich und zeigen Sie ihm gleichzeitig, dass Sie seine Haltung wahrnehmen und akzeptieren. Wenn Sie einen Redestein nutzen, wird er nicht nur auf Meldung weitergereicht, sondern auch einmal im Kreis an jeden gegeben. Verweigernde Kinder können ihn ein oder zwei Mal vorbeiziehen lassen, dann sollten Sie die Kinder ansprechen und nach ihren Gefühlen fragen, ohne die Kinder bloßzustellen.

Treten Schüchternheit oder Angst öfter auf, ist ein Redekuscheltier sinnvoll. Kinder können sich daran festhalten und haben einen Verbündeten bei sich, der zwar weiterzieht zum nächsten Kind (und so eine Verbindung zu den anderen schafft), aber auch wiederkommt und einem selbst Halt gibt.

Aktives Zuhören, positive Zusammenfassungen, die Orientierung auf die Lösung der Aufgabe unter Berücksichtigung aller Interessen und die Wahrnehmung jedes Einzelnen sind Wegbeschreibungen, die Kinder und Eltern lernen können, um zu einem konstruktiven Streiten und zu Lösungen zu kommen.

## 5.6 Streitvermeidung

Neurologisch unterscheiden sich die Denkweisen und Möglichkeiten von Erwachsenen und Kindern. Erst nach der Pubertät, mit etwa zwanzig Jahren, ist das Gehirn ausgereift und kann perspektivisch die Konsequenzen des eigenen Handelns bedenken. Kinder agieren emotional, spontan, körperlich. Die Idee, Streit zu vermeiden, ist im Sinne eines harmonischen Zusammenlebens naheliegend. Doch Streit lässt sich nicht vermeiden. Er gehört zum Leben dazu und ist für die Entwicklung der Kinder wichtig.

Zu einer harmonischen Grundstimmung können die Eltern jedoch massiv beitragen. Dazu gehört eine gehörige Portion Selbsterforschung. Das eigene Emotionsmanagement muss überdacht werden. Oft fällt es Eltern schwer, sich selbst als die Ursache eines angespannten Klimas oder Streites zu sehen und mit Veränderungen bei sich selbst anzufangen. Es ist leichter, engagiert die Kinder oder seinen Partner ändern zu wollen.

Haben Sie sich erst einmal bewusst gemacht, dass Streit ein natürliches Thema unter Geschwistern ist, verändert sich Ihre Haltung. Akzeptieren Sie Ihre Kinder als eigenständige Wesen, so werden sie nicht zu Objekten, nach deren Wohlverhalten sich Ihr eigener Wert als erziehender Erwachsener misst. Kinder haben ein Recht auf Streit.

Das bedeutet allerdings nicht, dass Sie Aggressionen und Gewalt unterstützen, sondern dass Sie Ihre Kinder als das wahrnehmen sollen, was sie sind – Individuen mit eigenen Kompetenzen, die sie selbst nach und nach auf ihrem Lebensweg erweitern.

Ihre Aufgabe als erziehende Eltern besteht im eigenen Emotions- und Stressmanagement, in der Etablierung einer Streitkultur, in der Durchsetzung der Basisregeln: keine Gewalt, keine Herabsetzung, kein Ausschließen aus der Gemeinschaft.

Stehen Sie selbst unter Stress, sind unausgeglichen und reizbar, überträgt sich diese Stimmung auf Ihre Kinder. Diese geraten in einen emotionalen Alarmzustand. Sie kooperieren mit Ihnen, indem sie sich selbst in den gleichen Zustand versetzen.

Jeder hat das schon einmal erlebt. Man fühlt sich nicht wohl, muss sich mit verschiedenen Anforderungen gleichzeitig auseinandersetzen, gerät unter Druck und gleichzeitig beginnt der Streit im Kinderzimmer, die Wogen schlagen hoch. Mit der Bitte, endlich einmal ruhig zu sein, werden Sie in der Regel nicht weiterkommen. Rationale Appelle sind für Kinder nicht nachvollziehbar. Meist fühlen Erwachsene sich dadurch zusätzlich gestresst. Die Kinder erscheinen ihnen undankbar und geradezu grausam, nicht liebevoll. Doch in diesen Kategorien denken Kinder nicht. Hinter den Verhaltensweisen steckt keine zielgerichtete, rational angelegte Strategie.

Ganz im Gegenteil: Die Kinder spiegeln den gestressten Zustand ihrer erwachsenen Bezugspersonen. Reagieren Sie strafend oder in gleichem Maße emotional, wird sich die Situation nicht ändern. Eine Lösung erreichen Sie hier nur, wenn Sie sich selbst zunächst aus der Situation herausnehmen und Ruhe einkehren lassen. Das kann eine einfache Verlagerung des Spielgeschehens in den Garten sein, eine Ablenkung durch eine neue Aktion oder auch die Abgabe des Geschehens an den Partner. Authentisch bleiben Sie durch Ich-Botschaften, doch versuchen Sie in gestressten Situationen nicht, äußerlich Ruhe bewahrend als Moderator einzugreifen. Reagieren Sie situationsspezifisch und lösungsorientiert.

Streit in körperliche Bewegung umzuwandeln, ist häufig ein guter Ansatz, dem Sie auch selbst folgen können, um zu Ihrer eigenen Entspannung beizutragen und unbedachte Reaktionen zu vermeiden.

## 5.7 Hilft ein Machtwort?

Machtworte stehen in der Kritik. Macht wird oft mit Herrschaft gleichgesetzt und als Despotismus wahrgenommen. Sieht man Macht jedoch als gegeben an und akzeptiert die real vorhandene Hierarchie, ändert sich die Wertung. Begehen Sie nicht den Fehler, Ihr Kind als gleichberechtigt zu setzen. Damit überfordern Sie das Kind und erreichen genau das Gegenteil von Ihrem gut gemeinten Ansatz. Sie erzeugen Stress und letztlich Aggressionen. Sie berauben das Kind seiner Lernmöglichkeiten.

Kinder brauchen Schutzräume. Die stärkeren, über Erfahrung verfügenden Erwachsenen sind verpflichtet, für diese Schutzräume zu sorgen. Das geschieht nicht im Vakuum, nicht im machtfreien Raum. Sie sind verpflichtet auf die Sicherheit Ihrer Kinder zu achten, Ihre körperliche und psychische Unversehrtheit zu garantieren. Diese Verantwortung übernehmen Sie mit der Elternschaft. Sie können sie nicht an die Kinder abgeben.

Im Zuge der allmählichen Entelterung übernehmen Kinder im Heranwachsen immer mehr Verantwortung für sich selbst. Sie lernen beispielsweise zunächst mit Stützrädern Radfahren, bald können sie es allein. Sie sind zunächst im Garten, dann auf dem Bürgersteig unterwegs, später finden sie sich im Straßenverkehr zurecht. Sie erwerben Fähigkeiten beim Umgang mit ihrem Pferd. Zunächst ist ein Erwachsener dabei, der sie engmaschig betreut, dann übernehmen sie immer mehr Aufgaben vom Striegeln über das Satteln bis zum täglichen Ausritt selbst. Auf die Idee, die Kinder gleichberechtigt sofort mit Rad oder Pferd allein zu lassen, wird niemand ernsthaft kommen.

Analog ist es mit Machtworten. Droht eine reale Gefahr, dürfen Sie nicht zögern, umgehend einzugreifen: Sie ziehen das Kind vom Straßenrand zurück. Ebenso ist es beim Schwimmen. Kinder spielen, aus Spiel kann Streit werden, gerät jemand unter Wasser, greifen Sie sofort ein. Machtworte wirken kurzfristig, indem die Situation sofort geklärt wird. In jeder lebensbedrohlichen Lage oder bei massiven körperlichen Gefahren sind sie angebracht. Langfristig ergibt sich ein Effekt wie bei einer roten Ampel.

Doch Machtworte sind keine Lösungsstrategien für den Alltag, damit nehmen Sie einem Machtwort die Wirksamkeit und Sie erzeugen eine Stimmung, in der nur noch auf oberster Warnstufe agiert wird. Ein permanentes Alarmsignal hält niemand aus. Langfristig kommen Sie nur mit einer gewaltfreien Streitkultur innerhalb der Familie weiter, die auf konstruktive Lösungen ausgerichtet ist.

## 5.8 Streit und Strafe

Streit sollte nicht bestraft werden. Wenn Sie Auseinandersetzungen als etwas Natürliches ansehen, wird Ihnen der Gedanke des Strafens in diesem Zusammenhang nicht in den Sinn kommen. Ein Verhalten, das zum Heranwachsen und Reifen nötig ist, sollte nicht sanktioniert werden. Wurde eine Streitkultur mit gewissen Grundregeln in der Familie eingeführt, sollten Sie Ihren Kindern den Raum zum Erlernen dieser Regeln zugestehen. Überlegen Sie selbst, wie lange Sie für sich gebraucht haben, um konstruktiv mit anderen zu kommunizieren. Weshalb fordern Sie, dass Ihre Kinder schneller agieren? Hinzu kommt, dass das Denken von Kindern nicht auf Konsequenzen ausgerichtet ist. Sie handeln spontan und planen ihr Vorhaben nicht so weit, dass alle Ausgangsvarianten bedacht werden. Dieser Tatsache wird im Straßenverkehr Rechnung getragen. Jeder Fahrschüler wird auf das spontan gesteuerte Verhalten von Kindern und Jugendlichen hingewiesen. Diese neurologisch bekannte Tatsache ist jedoch in pädagogischen Vorstellungen oft noch nicht angekommen.

Strafen begegnen Kindern mit Wut, Angst und Misstrauen. Durch eine Strafe setzt kein Prozess ein, bei dem das Kind darüber nachdenkt, warum es bestraft worden ist. Ganz im Gegenteil: Anders als bei einem Machtwort in einer lebensbedrohlichen Situation, bei der sich das äußere „Stopp!“ und die Tat verbinden, passiert das im Falle einer Bestrafung nicht. Vielmehr kann ein Prozess einsetzen, bei dem das Kind selbst die erlittene Bestrafung an andere weitergibt. Es lernt, dass der Stärkere sich durchsetzen und andere zur Kapitulation zwingen kann. Strafe schafft Feindseligkeit.

Kinder lernen eher, wenn sie mit Konsequenzen umgehen müssen. Der Streit zwischen den Geschwistern kann zum Verpassen des Busses führen, so kommt die Familie zu spät ins Kindertheater, zum Fußball oder auf den Reitplatz. Das ist „Strafe" genug. Es ist sogar eine Form der Kollektivstrafe. Vertiefen brauchen Sie das als Eltern nicht, denn es ist ja offensichtlich.

Jede andere Form von Strafe ist zwiespältig in ihrer Wirkung. Kinder lernen meist nur:

- dass die Erwachsenen die Macht haben, Strafen zu verhängen,
- dass das Vertrauensverhältnis zu den Eltern fragil ist,
- dass es besser ist, Dinge heimlich zu tun.

Statt ein Kind zu bestrafen, sollten Sie über Alternativen nachdenken, die tatsächlich auf eine Änderung des Verhaltens abzielen.

## 5.9 Zeit zum Streiten

Streit braucht Zeit. Kann man das Streiten planen? Sollen Sie etwa Kindern Zeit für Streit reservieren? Nicht ganz, doch wenn Sie bedenken, wie viel Zeit Sie einem Kind für das Schwimmenlernen zugestehen, sollten Sie überlegen, warum Sie ihm keine Zeit zur Ausbildung kommunikativer und sozialer Fähigkeiten geben wollen. Erwachsene erwarten bestimmte Verhaltensweisen, doch Kinder sind oft ganz anders und verhalten sich resistent gegenüber Ermahnungen und eben diesen Erwartungen.

Es gibt in der Pädagogik keine Patentrezepte. Sie können nicht vorhersagen, wie sich ein Kind entwickeln wird. Die Idee, wie in der Landwirtschaft etwas zu säen und später zu ernten, geht so nicht auf. Sie haben Ihr Baby getragen, Sie waren immer da und haben es nicht schreien lassen, folglich wird es als Kleinkind eine gute, vertrauensvolle Beziehung zu Ihnen aufgebaut haben und sich nach Ihren Ich-Botschaften richten.

In den meisten Fällen passiert das nicht. Die Eltern suchen die „Schuld" bei sich. Vielleicht waren sie doch nicht immer freundlich oder etwas in ihrer Beziehung stimmt nicht? Vielleicht ist etwas an dem Kind falsch? Verabschieden Sie sich von einer Musterpädagogik, die Ihnen suggeriert, dass aus dem Verhalten „a" das Verhalten „b" resultiert. Schauen Sie sich mit offenen Augen und offenem Geist um: In den meisten Fällen erleben Sie sehr durchwachsene Situationen. Haben Sie die Möglichkeit, Langzeitstudien anzustellen, wird es noch verblüffender: Der war doch immer aggressiv, vermutlich weil seine Eltern auch aggressive Tendenzen hatten, heute ist er ein smarter, freundlicher Junge, der sich für den Umweltschutz engagiert und das Gymnasium besucht. Das war doch immer so ein liebes Mädchen und plötzlich verhält sie sich so frech und fordernd?

Entwicklungen verlaufen nicht linear. Sie werden versuchen, Ihr Bestes zu geben und sich jeden Tag den Herausforderungen und allem Schönen in Ihrer Familie stellen. Sie sollten sich für diese Entwicklungsphasen Zeit nehmen und Zeit geben. Vertrauen Sie Ihren Kindern und versuchen Sie, mit gewaltfreier Kommunikation für eine Atmosphäre in der Familie zu sorgen, die Raum für alle und alles bereithält.

## 5.10 Versöhnung und Frieden

Oft mangelt es an Gelassenheit. Die Erziehung von Kindern ist mit hohen Ansprüchen verbunden. Eltern geraten unter Druck und fühlen sich zusätzlich belastet. Meist sind es insbesondere Mütter, die sich schuldig fühlen. Versuchen Sie, dem bewusst entgegenzuwirken. Verabschieden Sie sich von einem Denken in Superlativen. Das bedeutet nicht, dass Erziehung egal ist, oder dass Sie ohnehin nichts ausrichten können, sondern es gibt Ihnen die Kraft, sich selbst wieder zu vertrauen.

Fragen Sie sich manchmal, ob Sie Ihre Kinder lieben? Wenn Sie die Frage ehrlich beantworten und sich Ihren Gefühlen stellen, merken Sie, dass Sie durchaus gemischte Empfindungen Ihren Lieblingen gegenüber haben. Gerade nach einem harten Tag, an dem nicht nur im Job einiges vorgefallen, sondern auch noch die Lieblingstasse durch Ihren Ältesten zu Bruch gegangen ist, fällt ein klares „Ja" schwer und klingt vielleicht mehr nach einem „Ja, schon".

Diese Empfindungen sind legitim. Sie sind real und sogar wichtig. Sie zeigen Ihnen, dass Sie auch auf Ihre eigenen Bedürfnisse achten müssen. Besprechen Sie diese Gefühle offen als Paar miteinander und suchen Sie gemeinsam nach Lösungen. Ist die Mutter den ganzen Tag mit den Kindern zusammen, braucht sie abends eine Pause und muss einmal ganz für sich sein. Ist der Vater in einer angespannten beruflichen Situation, kann er nicht sofort das Baby übernehmen, wenn er nach Hause kommt, und gleichzeitig auf den Großen eingehen.

Finden Sie hier Möglichkeiten der Entspannung. Kann die Großmutter helfen? Kann man stundenweise eine Kinderbetreuung organisieren? Müssen die Erwachsenen die Zähne zusammenbeißen, bis der Job besser läuft und der Vater eher daheim Aufgaben übernehmen kann?

Die Bedürfnisse aller beachten, heißt auch, sich selbst mit seinen eigenen Bedürfnissen zu sehen. Eine friedliche Atmosphäre stellt sich durch Akzeptanz ein: Akzeptanz der Familienmitglieder untereinander, Akzeptanz der Verhältnisse, Akzeptanz des eigenen Wesens und seiner temporären Stimmung. Akzeptieren bedeutet nicht, dass Sie den Status quo zementieren, doch Sie lernen, sich Zeit zu lassen, gelassener miteinander umzugehen und den Weg tatsächlich als Ziel zu begreifen. Aus einer versöhnlichen Haltung gewinnen Sie die notwendige Kraft, um Veränderungen anzugehen.

# 6. Grundschulkinder können streiten

## 6.1 Keine Gewalt

Gewaltfreiheit ist ein hohes Gut, das in heutigen Familienstrukturen etabliert sein sollte. Doch oft steht Eltern die eigene Erziehung im Weg, denn sie selbst mussten Strukturen erfahren, in denen sie Gewalt erlebt und verinnerlicht haben. Diese Gewalt bestimmt ihr Gefühlsleben und ihr Denken bewusst wie auch unbewusst. Sie haben sich als Opfer erlebt und Empfindungen der Ohnmacht gespeichert.

Um gewaltfrei zu erziehen, sollte man sich auch mit sich selbst befassen und die eigenen Bewusstseinsstrukturen, Antriebe und Motivationen kennenlernen. Dabei stößt man auf aktive Rudimente, mit denen man umzugehen lernen muss. Dazu brauchen Sie nicht unbedingt eine Therapie. Die Erkenntnis und der Wille, etwas Neues in der Erziehung und in der eigenen Familie zu wagen, reichen oftmals aus. Wenn Sie Ihre eigenen Kommunikationsformen überprüfen und nach und nach verändern, etablieren Sie eine Kultur der Gewaltfreiheit in Ihrer eigenen Familie und schaffen gemeinsam mit Ihren Kindern eine Streitkultur, an der man wachsen kann. Den Orientierungspunkt für die Kinder bilden dabei Sie als Eltern. Das gemeinsame Schaffen und der Mut zu neuen Regeln entstehen aus der Dynamik und dem Leben mit den Kindern.

Verstehen Sie sich als Gemeinschaft und gestehen Sie sich als Gruppe Entwicklungszeit zu. Finden Sie Formen des Umgangs mit negativen Gefühlen wie Wut und Aggression. Verdrängen Sie diese Emotionen nicht, sondern reflektieren Sie sie und suchen Sie nach den Gründen. Ein Zusammenleben ohne Wut wird es nicht geben, doch die Frage ist, ob Wut ein bestimmendes Element ist, das sich als Leitmotiv durch Ihr Familienleben zieht, oder ob es ein temporär auftauchender Faktor ist. Wut als Moment hat etwas Befreiendes, Wut als Dauerzustand beengt, schließt ein, macht unberechenbar und unglücklich.

Kinder müssen erleben, dass sie ihre Emotionen nicht zu verstecken brauchen. Sie haben ein Recht auf lachen, weinen und schreien. Doch sie müssen auch lernen, ihre Impulse zu kontrollieren. Dies erfolgt schrittweise. Generell gilt das Gewalt-Tabu: Hier darf es keine Ausnahme geben, andere dürfen nicht verletzt werden. Das muss und kann man lernen. Doch wie umgehen mit der Wut, die einen plötzlich überkommt?

Fangen Sie bei sich an. Sorgen Sie für Ausgleich und leiten Sie Gewalt in Bewegung um, bevor Sie sich mit den Anlässen und Ursachen Ihrer Wut auseinandersetzen. Beim Sport werden Endorphine freigesetzt. Diese Glückshormone entspannen und wirken Stress und Ärger entgegen. Gehen Sie laufen, besorgen Sie sich einen Sandsack, schwimmen Sie im Pool oder fangen Sie einfach an zu tanzen und zu springen. Womöglich ist Ihnen ganz und gar nicht danach, doch der Effekt ist tatsächlich verblüffend. Sie fühlen sich körperlich wohler und haben den Kopf wieder frei.

Auf Kinder übertragen sich diese Formen. Das Kicken von Dosen, Ballspielen oder rennen hilft den Kids, sich wieder zu harmonisieren. Erwarten Sie von Kindern keine Reflexion der Gründe ihres Ärgers, doch helfen Sie ihnen dabei, mit einem Wutanfall besser umzugehen und Gewalt generell nicht gegen andere Menschen zu richten.

## 6.2 Wertschätzende Kommunikation will gelernt sein

Körperliche Gewalt darf nicht durch psychische ersetzt werden. Auch hier stehen die Eltern vor der großen Aufgabe, ihre eigenen Verhaltensweisen zu prüfen und zu verändern. Was Sie dazu brauchen, ist Zeit, Mut und gegenseitige Motivation. Niemand legt jedes Wort auf die Goldwaage und es wäre fatal, wenn man unter dem Zwang stünde, jedes Mal genau abzuwägen, was man sagt. Es ist nicht sinnvoll, zusätzlichen Druck in der Familie zu erzeugen und sich gegenseitig einen verbalen Maulkorb zu verpassen.

Doch achten Sie einmal mehr auf Ihre Art der Kommunikation. Benutzen Sie eher negative Formulierungen? Setzen Sie andere verbal herab? Machen Sie sich über Ihre Mitmenschen lustig? Und wie sprechen Sie mit Ihren Kindern?

Kinder brauchen Authentizität, aber keine Demütigungen. Zeigen Sie Ihren Kindern, dass Sie sie bedingungslos lieben, und sprechen Sie das auch aus. Geben Sie ihnen das Gefühl, wichtig und angenommen zu sein.
Das beginnt beim simplen „bitte“ und „danke“. Beobachten

Sie einmal, wie oft Sie selbst unverblümt Anweisungen erteilen. Mit einem einfachen „bitte“ bringen Sie Freundlichkeit in den Alltag. Ich-Botschaften signalisieren, dass Sie „ein Problem“ haben und dem anderen Ihre Sichtweise darbringen: „Mir ist die Musik zu laut. Bitte schließe die Tür“ signalisiert eine andere Disposition als das bloße „Deine Musik ist zu laut. “
Hören Sie aktiv zu und spiegeln Sie dem Kind das Gesagte. Versuchen Sie, Nuancen zu erfassen und in einen Dialog – nicht in ein Verhör – zu treten. Diese Formen werden als beispielgebend nach und nach von Kindern übernommen und in die eigene Konfliktlösungsstrategie integriert.

## 6.3 Strategien zum Streiten und zur Lösung von Konflikten für Grundschulkinder

Auch bei Grundschulkindern ist Ablenkung noch ein gutes Mittel, um Eskalationen vorzubeugen. Manchmal reicht auch schon die Präsenz von Mutter oder Vater, um die Streitsituation zu deeskalieren. Man kann sich auch mit einem Angebot einbringen, indem man fragt, ob die Kinder den Beistand der Eltern brauchen.

Ist der Streit bereits entfacht, sollten die Kinder ihren eigenen Weg finden. Sind Sie als Erwachsene moderierend anwesend, sollten Sie nicht Partei ergreifen, sondern neutral die Sichtweisen aller Parteien anhören, um dann zu einem konstruktiven Gespräch zu gelangen.

Dabei können im Grundschulalter auch Rollenspiele helfen. Theaterspielen ist ein wunderbares Mittel, um Verhaltensweisen

spontan oder geübt zu erproben. Die Kinder erleben sich in der Bewegung, denken sich in andere hinein und nehmen deren Perspektive ein. Sie können ausprobieren, wie sich verschiedene Positionen anfühlen.
Bei kleineren Kindern sind Puppenspiele eine wunderbare Möglichkeit, um gemeinsam zu agieren und Streit in einer anderen Form zu erleben.

Visualisierungen helfen Kindern, eigene Gefühle zu äußern, sich mit Situationen und ihren Mitmenschen auseinanderzusetzen. Lassen Sie die Kinder ihre Malsachen holen und gehen Sie gemeinsam die verschiedenen Standpunkte durch. Dabei können ganze Bildergeschichten entstehen, die jeweils einen Vorschlag zum Thema haben: „Was passiert, wenn ihr so vorgeht, wie Sabine es vorgeschlagen hat?", „Was passiert, wenn ihr so vorgeht, wie Paul es vorgeschlagen hat?".

Nutzen Sie Formen gemeinsamen körperlichen Spiels, um Grenzsituationen und Akzeptanz zu verdeutlichen. Beim ritterlichen Schwertkampf mit Holzschwertern müssen Kinder darauf achten, andere nicht zu verletzen, dennoch wollen sie gegeneinander antreten. Sie lernen auf diese Weise, miteinander umzugehen und die körperliche Unversehrtheit zu gewährleisten.

## 6.4 Grenzen kennen und akzeptieren

Kinder müssen wissen, welche Regeln gelten und unbedingt einzuhalten sind. Gerade beim Streiten gibt es Grenzen. Den anderen zu akzeptieren, ist nicht immer einfach. Kinder im Grundschulalter beginnen, ihre Impulse zu kontrollieren und rational zu verstehen, warum und wozu Grenzen im Zusammenleben notwendig sind. Sie lernen, sich selbst zu kontrollieren und ihren Streit verbal beizulegen.

In der Familie lässt sich das durch die „Stopp-Regel" trainieren, die viele Kinder auch aus Schule und Kindergarten kennen. Es ist gut, wenn hier Übereinstimmung zwischen Familie und Institutionen herrscht. Gemeinsam mit den Kindern können Sie überlegen, wann es wichtig ist, „Stopp!" zu sagen. Sammeln Sie dazu Beispiele aus dem Alltag und sprechen Sie gemeinsam darüber.

Sie können Grenzen im Spiel sichtbar machen: Ein Kind darf „Stopp!" rufen, wenn ihm das andere zu nahekommt. Spielen Sie solche Szenen mit Puppen und Stofftieren durch. Wechseln Sie die Rollen, damit jeder einmal in die andere Position treten kann. Auch Spiele, bei denen Begrenzungen auf den Boden gezeichnet werden, sind perfekt, um das Prinzip von Grenzen und Grenzverletzungen zu veranschaulichen.

Positive Erfahrungen sammeln viele Eltern beim Sport. Kinder begreifen bei Tai-Chi-Übungen oder im Judo, wie man mit anderen umgeht, wo man Grenzen setzt, und dass man Grenzen akzeptieren muss. Wichtig ist dabei stets der altersgerechte Umgang. Führen Sie keine langen philosophischen Gespräche, sondern leben Sie Ihre Überzeugungen.

Kinder können lernen, die Bedürfnisse anderer wahrzunehmen. Das gilt auch für Grenzen. Oft haben Erwachsene noch Mühe, achtsam miteinander umzugehen. Daran sollte man denken, wenn man von Kindern erwartet, dass sie die Grenzen anderer erkennen und akzeptieren. Als Eltern sollte man immer den Prozess im Auge behalten und Kinder geduldig auf ihrem Weg begleiten.

Neunzig Prozent des Lernens erfolgen über gelebte Erfahrung, nur zehn Prozent werden verbal aufgenommen. Wer das weiß, setzt auf Vorbildwirkung, Spiel und Ausprobieren. Diese drei Bereiche erfordern von Eltern jede Menge Kraft, Ausdauer, Fantasie und Geduld. Wer ist schon immer beherrscht? Jeder ist bestimmt schon einmal vor seinen Kindern laut geworden oder hat geflucht. Erziehung ist zuallererst Selbsterziehung. Spüren Kinder, dass Sie an sich arbeiten, hat auch das eine positive Vorbildwirkung.

Im Spiel bildet sich das lebendige Miteinander ab. Kinder trainieren und probieren aus. Lange waren Stockspiele verpönt, doch es ist wichtig, den Umgang mit Aggressionen zu lernen. Stockkämpfe sind für Mädchen und Jungen gute Gelegenheiten, körperliche Gewandtheit, den angemessenen Einsatz von Kraft und den Respekt vor dem „Gegner" zu trainieren. Im Spiel mit Figuren oder beim Erfinden von Geschichten kann es um Grenzsetzungen gehen. Auch wenn Sie Spiele dieser Art eingeführt haben, erwarten Sie keine umgehende Veränderung: Kinder brauchen Zeit zum Experimentieren und müssen ihre eigene Haltung erst entwickeln. Vertrauen Sie Ihren Kindern und schenken Sie ihnen die Zeit, die sie brauchen.

## 6.5 Von der Provokation

Viele kennen es noch aus der Trotzphase und wissen, wie schwer der Umgang damit war. Das Provozieren wird von Eltern oft als Angriff empfunden, dabei ist es nicht selten ein Testen der Grenzen des anderen. Provokationen kommen auch im Grundschulalter vor. Zwar sind die Kinder nun etwas älter, doch stecken nicht unbedingt Berechnung oder böser Wille hinter den Aktionen, die den anderen reizen.

Unter Geschwistern kann es besonders hochhergehen. Ist der Altersunterschied gering, wiegeln sich die Kinder leicht gegenseitig hoch. Eltern sollten ein Auge auf ihre Kinder haben und schauen, was wirklich hinter dem Triezen oder den kleinen körperlichen Angriffen steckt. Reagiert ein Kind immer wieder auf denselben Reiz und geht in die Luft? Welche Dynamik steckt dahinter? Führen die Kinder ein kleines Drama auf, das sie selbst nicht wirklich betrifft, oder steckt mehr dahinter? Geht es um die Aufmerksamkeit der Eltern?

Werden deutlich ältere Kinder zur Zielscheibe ihrer jüngeren Geschwister, kann man mit ihnen reden und ihnen raten, in dem Moment einfach nicht auf den Jüngeren einzugehen. Doch Vorsicht, das ist kein Rat für Gleichaltrige. Das Sprichwort „Der Klügere gibt nach“ ist zwar bequem für Eltern, weil kurzfristig Ruhe eintritt, führt aber langfristig dazu, dass ein Kind sich immer durchsetzt und in den Raum des anderen eindringt. Der andere lernt, sich defensiv zu verhalten, fühlt sich damit aber bestimmt nicht wohl.

Das „Stopp!"-Sagen hilft auch hier. Es zeigt, dass es jetzt nicht mehr lustig ist und eine Grenze überschritten wurde. Geschwister können auch den Umgang mit Provokationen im Rollenspiel üben. Dazu müssen Sie keine Situation wie in der Schule schaffen, sondern können einfach das gute alte Puppenspiel oder Spielfiguren nutzen, mit denen die Kinder sonst auch zugange sind. Die Kinder stellen über das Spiel einen Abstand her. Es sind jetzt die Figuren, die agieren. Das eröffnet die Chance zum Gespräch und ist ein erster Schritt auf dem Weg zur Änderung.

## 6.6 Auch Verzeihen ist wichtig

Verzeihen ist ein großes Wort, wenn Erwachsene damit umgehen. Oft sind sie nach einem Streit so gekränkt, dass es schwerfällt, Vergebung anzubieten, selbst innerlich zu verzeihen oder Verzeihung anzunehmen. Auch Verzeihen kann und sollte man in der Familie vorleben und fest installieren. Sich die Hand zu reichen, ist ein erster Schritt. Zu wissen, dass man zusammengehört und sich immer wieder gegenseitig daran zu erinnern, ist wichtig.

Verzeihen gehört zu den wichtigen sozialen Kompetenzen und dient der Gewaltprävention in der Familie. Je eher Sie auf die Herausbildung dieser Fähigkeit achten, umso harmonischer verläuft die Entwicklung der Beziehung zwischen den Geschwistern. Beginnen Sie zunächst bei sich selbst und ihrer Partnerschaft. Leben Sie Verzeihen vor und zeigen sie auch nach kleinen Auseinandersetzungen, dass Sie als Eltern sich wieder vertragen.

Achten Sie selbst in Ihrem Umgang mit den Kindern auf das eigene Aussprechen von Entschuldigungen, wenn Ihnen ein Fehler unterlaufen ist, und das Anbieten und die Annahme von Verzeihung, wenn sie von den Kindern ausgeht. Rituale des Verzeihens können dabei helfen, diesen tiefen Vorgang psychisch erfassbar zu gestalten. Doch bedenken Sie dabei stets das Alter Ihrer Kinder und die Komplexität des Vorgangs. Erwarten Sie nicht zu viel und überfordern Sie Ihre Kinder nicht.

Verzeihen ist Teil der emotionalen Intelligenz. Kinder lernen schrittweise, sich in den anderen einzufühlen. Sie erkennen, dass Grenzen für jeden wichtig sind, und auch, dass Grenzen individuell unterschiedlich gesetzt werden können. Dem einen ist seine Hörspielsammlung besonders wichtig und er möchte nicht, dass sich dort jeder bedient. Den anderen stört es, wenn jemand seine Aufgaben löst. Die Beweggründe zu diesen Übergriffigkeiten müssen keine schlechten sein. Vielleicht werden sie nicht einmal als Grenzverletzungen wahrgenommen. Im Fall der Hörspiele will das Geschwisterkind vielleicht allen eine Freude machen, wenn es eine CD aus dem Zimmer der Schwester holt. Im Fall der Aufgabenübernahme wollte jemand nur helfen. Doch beim Besitzer der CDs kommt es so an, als würde sein Besitz nicht ernst genommen werden und im Falle der Aufgabe fühlt sich das Kind hintergangen und nicht ernst genommen, als traue ihm jemand die eigenständige Lösung der Aufgabe nicht zu. Diese Hintergründe zu klären und zu verstehen, gehört zu Entschuldigung und Verzeihung dazu.

## 6.7 Aus Konflikten lernen

Konflikte werden als Störungen wahrgenommen und zunächst oft negativ bewertet. Jede Störung sollte Eltern eigentlich willkommen sein, denn es handelt sich dabei um Fragen und Herausforderungen, die auf einen zukommen und einen Prozess anstoßen, in dem man zusammen als Familie lernt. Jeder Streit ist ein Experimentierfeld und kann, nach Gewichtung und Maßgabe, weitere Lernprozessen anstoßen. Auf diese Weise werden aus den Kindern starke Persönlichkeiten, die fair mit sich und anderen umgehen.

Dabei helfen Visualisierungen und Abstraktionen, wenn die Kinder ein bestimmtes Alter erreicht haben, tatsächlich Gesprächsbedarf besteht und der moderierende Einsatz von Erwachsenen wirklich notwendig ist.

In jedem Fall hat zunächst die eigenständige Klärung unter den Kindern Priorität, wenn man seinen Nachwuchs als Subjekt und nicht als Objekt betrachtet. Moderieren müssen Eltern nicht verbal. Reagieren Sie situationsspezifisch und individuell. Eine Möglichkeit bleibt auch bei Grundschulkindern die Ablenkung. Zu einem späteren Zeitpunkt kann dann in ruhiger Atmosphäre ein Gespräch mit jedem Kind geführt werden. Dazu kann man einen Spaziergang oder die gemeinsame Arbeit in Küche oder Garten nutzen.

Visualisierung im Spiel erreichen Sie über das Malen von Emotionen. Sie können auch kleine Geschichten als Trickfilme erstellen, bei denen Sie einen Streit nachspielen und jeder seine oder auch die Position des anderen einnimmt. Durch das Malen einer Figur erfolgt eine Abstraktion. Eine andere Person entsteht, über die man leichter nachdenken und sprechen kann. Das wirkt sich wiederum auf einen selbst aus, wodurch es zu einem Erkenntnisgewinn kommt. Man lernt, die Position des anderen zu verstehen und seine Grenzen zu akzeptieren, ohne dass Verbote ausgesprochen werden.

Ebenso können Geschichten erzählt oder verschriftlicht werden, in denen man die eigenen Gefühle schildert. Gemeinsam kann man darüber sprechen,

- wie der Konflikt zustande gekommen ist,
- was der Anlass war,
- wie die „Parteien“ sich fühlen,
- welchen Zweck jedes Kind verfolgt,
- welche Lösungsmöglichkeiten es gibt
- und wie sich die Kinder wieder vertragen.

Mit solchen Mustern im Kopf gehen Kinder achtsamer miteinander um und lernen, Selbstbehauptung und Respekt zu vereinen.

## 6.8 Miteinander wachsen

Geschwister zu haben, ist eine große Chance, die nicht jedem gegeben ist. Auch Eltern sollten sich das Glück, mehrere Kinder zu haben, immer vor Augen führen. Die Interaktionen und Dynamiken einer Gruppe sind mit Ein-Kind-Familien nicht zu vergleichen. Hier stehen einem heranwachsenden „kleinen" Wesen nicht zwei „große" Individuen gegenüber, sondern jeder hat die Möglichkeit, sich mit verschiedenen Altersebenen auseinanderzusetzen. So erweitert sich das Übungsfeld zum Ausbau der emotionalen Intelligenz.

Machen Sie sich immer wieder bewusst, dass Familie ein einmaliger Schutz- und Freiraum ist. Erinnern Sie sich als Erwachsene immer wieder daran, dass die Zeitabläufe ebenfalls einmalig sind. Sie können nicht wieder an den Anfang zurückgehen, also genießen Sie die Zeit mit Ihren heranwachsenden Kindern und mit sich selbst. Jeden Tag kommen neue Prüfungen auf Sie zu, jeden Tag erleben Sie ein neues Glück.

Fokussieren Sie sich nicht auf Stress und Ärger, sondern sehen Sie die Chancen und die Möglichkeiten des Lernens. Befreien Sie sich von Ihren Vorstellungen und Plänen – das Reagieren auf Veränderungen und „Störungen" ist wichtiger als die Orientierung an einer Karte, die vielleicht ihre Gültigkeit längst verloren hat. Sie wissen nicht, was in der Zukunft auf Ihre Kinder wartet, doch sie können ihnen die Kompetenzen mit auf den Weg geben, die sie als Erwachsene befähigen, Aufgaben zu lösen, Herausforderungen anzunehmen und zu bewältigen. Dazu gehören Teamwork sowie soziale Kompetenzen.

Mit Ihrer Mehr-Kind-Familie haben Sie jeden Tag die Chance, diese Kompetenzen zu entwickeln und immer neue Wege zu entdecken. Je nach individueller Maßgabe können Sie sich mit den Kindern verbal auseinandersetzen, Konflikte visualisieren oder in der Bewegung ausagieren. Genau das können die Kinder untereinander auch. In der Regel werden sich Mischformen herauskristallisieren, die jedes Kind und jeden Erwachsenen einmal in seinem Lerntyp ansprechen.

Was man dabei vor allem nicht vergessen sollte, ist die emotionale Verbundenheit. Wie jede Beziehung bedarf auch die Gemeinsamkeit in der Familie der Pflege. Begegnen Sie allen Mitgliedern aufgeschlossen, nehmen Sie sich Zeit für jeden und äußern Sie Ihre Zugewandtheit auf mehreren Ebenen. Wie die Kinder müssen vielleicht auch Sie lernen, dass niemand Gedanken lesen kann.

## 6.9 Moderation Erwachsener im Geschwisterstreit

Aktives Zuhören, Ich-Botschaften und der lösungsorientierte Umgang mit Konflikten sollten immer wieder praktisch geübt und auch liebevoll konsequent eingefordert werden. Daraus ergibt sich eine Erweiterung der Kompetenz der Kinder, von der auch die Eltern etwas lernen können. Insgesamt ist es ein Gewinn für die ganze Familie, wenn man die Vorgänge systemisch betrachtet. Zu einer solchen Einstellung gehört Mut, Fantasie und Ausdauer. Die Energie für diesen Prozess schöpfen Sie aus den sichtbaren Erfolgen und Ihrer eigenen Überzeugung.

Wachsen Sie an sich selbst, indem Sie Konflikte aushalten. Machen Sie Ihre Art der Erziehung zum Thema im Austausch mit Ihrem Partner. Sprechen Sie gemeinsam über Ihre Beobachtungen. Gerade Familien, in denen beide Elternteile arbeiten gehen, sollten sich die Zeit für eine regelmäßige Evaluation nehmen. Doch auch wenn nur der Vater oder die Mutter zur

Arbeit gehen, ist es wichtig, sich abzustimmen, denn einer allein kann das Konzept nicht tragen. Sie schaffen es nur zusammen. Dieser Team-Gedanke wiederum strahlt auf Ihre Kinder aus, die dadurch lernen, was man mit Gemeinsamkeit erreichen kann und was gemeinsames Leben und Entscheiden bedeutet.

Es geht nicht darum, immer einer Meinung zu sein, sondern sich gemeinsam für das Bestmögliche einzusetzen und zunächst einmal zusammen über das Bestmögliche nachzudenken: Ist es die Kompatibilität untereinander oder die Integration in vorgegebene Normen? Will man „den anderen Leuten" entsprechen oder hat man individuelle Konzepte, die die eigene Familie und jeden einzelnen in ihr voranbringen? Welche Grundsituation ist am besten geeignet, damit sich jeder entfalten kann?

Wer sich für Dynamik entscheidet und erkennt, dass man zwar mit Normierungen umgehen, aber längst nicht alles widerspruchslos anerkennen muss, der hat einen entscheidenden Schritt in die richtige Richtung getan. Doch deshalb wird es nicht unbedingt leichter. Lassen Sie Ihre Geschwisterkinder selbstständig streiten und moderieren Sie nur im Ernstfall bei drohender Verletzung. Nehmen Sie Ihre Kinder ernst und beobachten Sie Ihre Entwicklung. Die Situation muss jeweils in ihrer ganzen Dimension betrachtet werden. Können Sie überhaupt einschätzen, wer was warum getan hat und ein „Urteil" fällen?

Ihre Aufgabe kann sogar selbst bei Grundschülern außerhalb der eigentlichen Streitsituation liegen. Lenken Sie die Aufmerksamkeit auf sich, signalisieren Sie Ihre Anwesenheit und Ihre Bereitschaft, etwas für beide Kinder zu tun. Wendet sich ein Kind an sie, weisen Sie es nicht ab, aber hüten Sie sich vor zu schneller

Parteinahme, denn Sie haben nur eine Seite gehört, kennen die andere Version nicht und waren vor allem nicht selbst dabei, um sich Ihr eigenes Bild machen zu können.

## 6.10 Adaption und Polarität

Adaption und Polarität in der Erziehung weisen mehrere Ebenen auf, die sich unterschiedlich äußern und unterschiedlich betrachtet werden müssen, aber dennoch miteinander zusammenhängen:

1. Es geht um das Verhältnis der Eltern zu ihrer eigenen Erziehungsgeschichte. Stellen Sie sich der Frage, ob Sie Ihre Kinder genauso erziehen würden, wie sie erzogen worden sind, oder ob Sie Alternativen entwickeln möchten. Fragen Sie ferner nach den Spuren, die die Erziehung Ihrer Eltern hinterlassen hat. Welche Prägungen haben Sie aufgenommen? Bedenken Sie auch, dass es in Ihrer Hand liegt, Muster zu verändern und eigenständig an sich selbst zu arbeiten. Verhalten Sie sich also adaptiv und passen Sie Ihre Erziehungsgrundsätze denen Ihrer Eltern an oder bauen Sie Polaritäten auf und gehen Sie genau ins Gegenteil.

Beides kann sich sowohl positiv als auch negativ auswirken. Versuchen Sie, sehr bewusst mit sich selbst umzugehen. Verfallen Sie nicht in permanente Selbstkritik, aber bedenken Sie, welche Vorteile sich aus einer Selbstschau ergeben und wie sich Ihr Handlungsspielraum, Ihre Erlebniswelt und letztlich die Stimmung in Ihrer ganzen Familie mit Ihrer Selbst-Achtsamkeit entwickelt.

2. Adaption als Anpassung an die Umgebung ist ein Prinzip in der Entwicklung der Kinder selbst. Dabei werden Assimilation und Akkomodation sowie Organisation gegeneinander abgewogen, ausprobiert und austariert. Das geschieht zunächst unbewusst und mit zunehmendem Alter immer bewusster.

Assimilation bezeichnet den Versuch, die Umwelt so zu verändern, dass eigene Wünsche und Bedürfnisse erfüllt werden. Das Baby schreit, damit es etwas zu trinken bekommt. Das ist ein unbewusster Akt. Das Kind lernt jedoch auch, dass auf das Schreien eine Reaktion folgt. Ein Kind im Grundschulalter wird bewusster versuchen, die Aufmerksamkeit auf sich zu lenken: Es kann Fragen stellen oder sich eine Strategie überlegen, um seine Interessen durchzusetzen.

Die Akkomodation beinhaltet die Veränderung des eigenen Verhaltens, indem man sich den Umweltbedingungen anpasst. Naturgegeben kann hier das Kindchen-Schema genannt werden, das den Erwachsenen anspricht und positive Emotionen und ein entsprechendes Handeln weckt, oder, als immer bewussterer Akt, die über einen Lernprozess erworbene Fähigkeit der Anpassung. Ein Grundschüler kann erkennen, dass es für ihn selbst von Vorteil ist, wenn er beim Essen gängige Tischsitten einhält, sodass ein Familiengespräch möglich ist.

Durch Organisation werden die eigenen Prozesse in Systeme integriert. Das bedeutet, dass man eine Situation einschätzt und anschließend nach Möglichkeiten sucht, um für sich die komfortabelste Lösung zu finden. Auf die Familie übertragen wäre das beispielsweise die Beteiligung an der Hausarbeit, um später gemeinsam mit den Eltern zum Reiterhof oder zum Baden zu fahren. Auf den Geschwisterstreit bezogen kann das bedeuten, dass die Kinder Techniken zur Konfliktlösung anwenden, um einen Erfolg zu erzielen. Der Erfolg kann im Abgleichen der Interessen und in einer für beide Seiten verträglichen Lösung bestehen.

# 7. Streiten in der Pubertät

## 7.1 Neue Dimensionen

Die Pubertät stellt das Familienleben auf den Kopf. Eltern erkennen ihre Kinder nicht mehr wieder. Da wird gegen jede Regel rebelliert, die Kinder sind mit sich selbst nicht im Reinen. Gleichzeitig steigen die Anforderungen in der Schule. Die Berufswahl steht bevor. Keine leichte Situation für Teenager und Eltern. Die Kinder befinden sich gänzlich im Umbau und fühlen sich auf verschiedenen Ebenen unter Druck gesetzt:

1. körperliche Entwicklung (hormonelle Umstellung, Wachstumsschübe)
2. sozial-emotionale Entwicklung (Selbstfindung, Abgrenzung, Agieren in Gruppen)
3. kognitive Entwicklung (Abschluss der Schule, Berufsfindung).

Die Eltern können all das nur schwer ausgleichen. Aus den Kindern werden Jugendliche. Manche ziehen sich komplett zurück, andere agieren expressiv. In der Familie entstehen Spannungen und immer neuer Diskussionsstoff über die Schule, Ausgehzeiten, die Kleidung.

Unter Geschwistern können sich, je nach Altersunterschied und individueller Ausprägung, verschiedene Konstellationen ergeben. Ältere Geschwister ziehen oft klare Grenzen. Sie möchten ihren kleinen Bruder nicht dabeihaben, sondern allein oder mit Gleichaltrigen unterwegs sein. Der Prozess der Entelterung koppelt sich mit einer temporären Entfernung von den Geschwistern. Als positiv kann wahrgenommen werden, dass der Geschwisterstreit abebbt. Die Kinder gehen sich aus dem Weg und sehen sich nicht mehr so häufig.

Sind Geschwister altersnah, kann es sein, dass sie sich enger zusammenschließen. Sie sind in etwa gleichen Peergroups unterwegs, zumindest vertreten sie den Eltern gegenüber die gleichen Interessen, was Ausgehzeiten betrifft. Darum ist es sinnvoll, gemeinsam zu agieren. Für Eltern ist es nicht einfach, sich auf einmal einer Front gegenüber zu sehen, die früher so nicht bestand.

Seltener kommt es zu Aggressionen der Kinder untereinander. Die Interessen sind zu unterschiedlich. Ältere Kinder orientieren sich mehr nach außen. Die Aufmerksamkeit ihrer Eltern ist ihnen eher unangenehm. Das heißt nicht, dass Sie Ihre Kinder aus dem Blick verlieren sollen, sondern dass der zunehmende Abstand entwicklungsbedingt sinnvoll ist: Die Kinder werden flügge. Das ist für Eltern und die „Restfamilie“ schmerzhaft. Andererseits sollten Sie diesen Schritt als positiv begreifen und begleiten, denn die Kinder gehen in die Welt hinaus.

## 7.2 Plötzlich ist alles anders

Die Pubertät wirbelt nicht nur das Leben der Kinder gehörig durcheinander, sondern auch Eltern sehen sich vor neue Herausforderungen gestellt. Dabei divergieren zwei Haltungen:

Zum einen erwarten Eltern von ihren Teenagern, dass sie sich vernünftig und verantwortungsbewusst verhalten. Sie möchten, dass die Kinder schulische und familiäre Aufgaben ernstnehmen. Zum anderen sehen Eltern ihre Kinder in einem begrenzten Rahmen. Sie möchten sie meist noch nicht loslassen. Manche Eltern wollen ihre Kinder weiter beschützen, andere ihnen den Weg ins Leben durch Geschenke erleichtern.

Beide Haltungen sind verständlich, zeugen jedoch gleichzeitig von einer Art „Betriebsblindheit“ und der Schwierigkeit, sich von den eigenen Vorstellungen zu lösen. Der Gedanke, dass das, was man einem Kind bisher alles beigebracht hat, nun Früchte tragen soll, ignoriert den Entwicklungsstand der Kinder. Die Pubertät ist eine Phase, in der neurologisch ein Umbau des Gehirns stattfindet. Kinder agieren nicht reif, nur weil sie vierzehn Jahre lang etwas gelernt haben. Es ist ihnen neurologisch nicht möglich. Statistisch betrachtet, sind Jugendliche in dieser Phase proportional höher an Verkehrsunfällen beteiligt. Diese Art des Rowdytums oder der Verträumtheit ist keine bewusste, sondern neurologisch bedingt. Jugendliche sind in der Tat ein Risikofaktor.

Den Druck der Schule und den Zwang zur Ausbildung geben Eltern an ihre Kinder weiter. Diese haben jedoch meist gar keine Möglichkeit, schnelle Veränderungen in ihrem Handeln herbeizuführen.

Heißt das, dass Erziehung in der Pubertät zwecklos ist? Keinesfalls, doch die Erwartungen sollten nicht am tatsächlich Möglichen vorbeigehen.

Wenn die Kinder nicht entscheiden können, müssen die Eltern handeln. Doch hier ergibt sich die zweite Krux: Eltern können nicht für ihre pubertierenden Kinder handeln. Erfahrungen müssen die Kinder selbst sammeln. Sie sollten Ihre Teenager im Blick behalten und in jedem Fall für sie da sein, doch Sie sollten den notwendigen Prozess der Entelterung nicht unnötig erschweren.

Als Eltern finden Sie sich in der schwierigen Situation wieder, zwischen Ihren Kindern und der Umwelt zu moderieren. Sie sind dazu verpflichtet, dem Jugendlichen Grenzen zu setzen, gleichzeitig sollten Sie aber auch bedenken, dass das Überwinden von Widerständen eine wichtige Lektion ist. Hier gilt es, mit Fingerspitzengefühl und Sensibilität das richtige Maß zu finden, um gemeinsam die Zeit der Pubertät zu überstehen. Die Möglichkeiten und Fähigkeiten zur Konfliktlösung sollten dabei weiter ausgebaut werden.

## 7.3 Kampf um die Macht

Jugendliche proben in der Zeit der Pubertät den Aufstand. Sie lehnen sich gegen alles und jeden auf. Nur der Geschwisterstreit ruht für eine Weile. Aus erklärten Feinden können sogar Verbündete werden. Diese neue Dimension ist für Eltern nicht immer angenehm, hat aber ihre positiven Seiten für die Entwicklung der Teenager.

Jugendliche lernen, ihre Interessen zu definieren und gemeinsam mit anderen durchzusetzen. In der Familie sollte man versuchen, es nicht zu Konfrontationen kommen zu lassen, sondern zielorientiert nach Lösungen oder Kompromissen zu suchen.

Kinder müssen ihre Eltern authentisch erleben. Sie müssen gleichzeitig die Gewissheit haben, dass sie sich auf ihre Familie verlassen können. Je enger das Band, desto größer ist der Rückhalt und desto mehr Freiraum ist wiederum möglich. Das klingt paradox, hat jedoch etwas mit Verständnis und Vertrauen zu tun.

Sie können Ihre Kinder unterstützen, indem Sie viel mit ihnen unternehmen und ihnen viel anbieten. Sport ist ein gutes Mittel, um die Herausforderungen der Pubertät zu meistern. Laufen Sie mit Ihren Kids. Jetzt ist die richtige Zeit, um den Segelschein zu machen. Nutzen Sie Angebote von Thai Chi bis Judo. Die Jugendlichen lernen hier, Grenzen zu begreifen, indem sie sie körperlich spüren. Sie erleben gleichzeitig Wettkampf und Erfüllung. Während der körperlichen Anstrengung werden Endorphine ausgeschüttet. Die Glückshormone sorgen für gute Laune und einen Stimmungsausgleich.

Außerdem spüren Jugendliche, wie sich ihr Körper mit einer gesunden Lebensweise positiv entwickelt. Alkohol und Drogen sind dann eine geringere Gefahr, zumal die etwa gleichaltrige Community andere Werte schätzt und setzt. Für Eltern sind Sportvereine und Clubs ein Segen. Die Kinder sind aufgehoben, unter „Aufsicht“ und haben gleichzeitig ihre Freiräume.

Dennoch ist es wichtig, Raum für Streit und Auseinandersetzung zu bieten. Dies erfolgt jedoch auf einer anderen Ebene, wenn Eltern sich der Situation bewusst stellen. So können Eskalationen nachhaltig vermieden werden. Jugendliche verlieren weder den Halt, noch fühlen sie sich eingeengt. Gegenseitiger Respekt und die Akzeptanz des anderen bilden die gemeinsame

Verhandlungsgrundlage. So können Kinder in der Pubertät wachsen und ihre sozialen Fähigkeiten neu strukturieren.

## 7.4 Geschlechterrollen

Jugendliche definieren sich während der Pubertät neu. Sie erleben die Veränderungen ihres Körpers zum Teil dramatisch. Gerade in dieser Phase sind sie sehr empfindlich und reagieren oft gereizt. Als Eltern sollten Sie Verständnis für diese besondere Situation aufbringen. Rufen Sie sich ins Gedächtnis, wie Sie sich fühlen, wenn es Ihnen nicht gut geht oder Sie mit neuen Empfindungen konfrontiert werden. Der Umgang damit ist kompliziert. Heranwachsende erleben diese Situation in dieser Art zum ersten Mal. Das ist nicht einfach und sollte beachtet werden, bevor man den Jugendlichen mit weiteren Forderungen konfrontiert.

Das Äußere spielt bei Mädchen und Jungen eine große Rolle. Doch während Jungen sich an Vorbildern orientieren können, deren Norm eine breitere Variation zulässt, haben Mädchen oft einen enger begrenzten Rahmen, der definiert, was als schön gilt. Schnell fühlen sich Mädchen körperlich angegriffen und von Bemerkungen zu ihrem Äußeren getroffen. Daraus können psychische und physische Erkrankungen entstehen.

In der Familie ist es wichtig, Jungen und Mädchen gleichermaßen zu stärken. Im Streit sollte vermehrt auf das Einhalten der Basisregeln geachtet werden. Beleidigungen, die das Äußere betreffen, sollten geahndet werden. Die Moderation der Eltern kann bis zum direkten Verbot gehen. In diesem Fall erwartet

Ihre Tochter von Ihnen eine klare Stellungnahme. Sie braucht diesen emotionalen Rückhalt gerade in der Pubertät. Verhalten Sie sich hier indifferent, so zerstören Sie das Vertrauensverhältnis nachhaltig, setzen die falschen Rollensignale und beschädigen die Psyche des Kindes.

Um in diesem Minenfeld von Emotionen und hormonellen Herausforderungen Handlungsspielraum zu gewinnen, können Sie Filme und Literatur zu Hilfe ziehen. Sprechen Sie mit Ihren Kindern über die Figuren und hören Sie vor allem zu. Bieten Sie die Möglichkeit zum Gespräch an. Aktivieren Sie die Stopp-Regel. Gerade jetzt ist es wichtig, dass Jugendliche ihre körperliche und seelische Unversehrtheit zu bewahren und sich selbst zu schützen lernen. Suchen Sie nach starken Rollenvorbildern, an denen sich Ihre Kinder orientieren können, und nutzen Sie diese auch im Streit. Die unvoreingenommen gestellte Frage „Was meinst du, wie würde sich XYZ jetzt verhalten?" kann einen Denkprozess in Gang setzen und dazu führen, dass man als Jugendlicher selbst mutiger oder achtsamer agiert.

Beachten Sie gleichzeitig, dass der Prozess der Entelterung kein linearer ist: Kinder gehen fort und kommen zurück. Sie gewinnen Abstand und suchen Nähe. Verpassen Sie diese Momente nicht. Hier werden Bindungen neu und fester geknüpft.

## 7.5 „Hass ist ein großes Wort"

Provokationen gehören zur Pubertät dazu. Da knallen auch schonmal die Türen. Harmoniebewusste Eltern sollten nicht jede Entgleisung thematisieren und zu einem großen Problem werden lassen. Zeigen Sie Ihren Kindern deutlich Ihre Grenzen auf, doch schließen Sie mit vergangenen Situationen ab. Etikettieren Sie Ihre Kinder nicht, sonst entsteht schnell ein Selbstläufer in der Art einer selbsterfüllenden Prophezeiung. Jugendliche agieren dann bewusst als „Störenfried“ und verhalten sich nicht kooperativ oder lösungsorientiert, sondern spiegeln Ihre Situation als Eltern.

Helfen können Meditationsübungen, die Sie selbst zur Ruhe bringen und fokussieren. Kinder lernen durch Ihr Vorbild. Sie erfahren, wie man sich selbst beruhigen kann und die Fassung behält. Wenn die Kinder Sie oder ihre Geschwister für hassenswert erklären, ist das zunächst schockierend und gleichzeitig tut es weh.

Teilen Sie Ihrem Kind diese Emotionen mit, doch formulieren Sie sie nicht als Vorwurf oder Du-Botschaft. Bleiben Sie bei sich. Im Moment der Eskalation können Sie kein Gespräch anfangen. Dazu bedarf es eines ruhigen Augenblicks, in dem die Basis für einen Austausch gegeben ist.

Vor allem geizen Sie nicht mit Anerkennung. Kinder müssen spüren, dass Sie als Eltern zu Ihnen halten. Das bedeutet nicht, dass Sie jede Handlung tolerieren oder gutheißen, doch Sie sollten auch nicht das Positive übersehen. Hören Sie Ihren Kindern zu und nehmen Sie ihre positiven Entwicklungen wahr. Sie werden merken, dass sich Ihr eigener Bezug, Ihr Kind und die gesamte Stimmung zum Positiven wandeln.

Wenn Sie die Pubertät wie ein reinigendes Gewitter betrachten, werden Sie erleben, wie danach das Gras zu wachsen beginnt und die Blüten sich entfalten. Die Pubertät ist wie eine zweite Geburt, bei der sich die Kinder erneut abnabeln und auch der kommunikative Umgang miteinander sich ändert. Probieren Sie aus, welche Kommunikationsformen für Ihre Familiensituation am besten funktionieren. Ist es gut, wenn Sie Sachverhalte visualisieren und schematisch auffächern? Viele Jugendliche wollen sich auch körperlich auseinandersetzen, suchen nach den Grenzen des anderen. Ist es gut, miteinander zu rangeln, körperliche Aktivitäten zu finden oder kleine Wettkämpfe zu veranstalten?

Der emotionale Aspekt beim Lernen wird oft vernachlässigt. Setzen Sie auf positive Emotionen und verschaffen Sie Ihrem Teenager, sich selbst und Ihrer gesamten Familie Erfolgserlebnisse. Damit bremsen Sie die Negativspirale aus und setzen positive Akzente, die systemisch von allen Beteiligten aufgenommen werden.

## 7.6 Reibung erzeugt Wärme

Erinnern Sie sich an das sogenannte „Trotzalter“? Das Kind entdeckte sein Ich, steckte seine Grenzen ab und suchte die Ihrigen. Das war nicht immer einfach. Hatten Sie jemanden an Ihrer Seite, der Ihnen die Situation erklärte, sind Sie anders damit umgegangen, denn Sie konnten die Prozesse hinter dem „unmöglichen“ Verhalten Ihres Kindes erkennen.

Ebenso ist es in der Pubertät. Eltern sind auch nur Menschen, doch sie sind Erwachsene. Ihre Fähigkeit zur Kommunikation und zur Toleranz ist dank Ihrer Erfahrungen eine größere als die eines Heranwachsenden. Sie haben über sich nachgedacht und kennen Ihre eigenen Empfindlichkeiten. Sie wissen, wie leicht Sie nach einem harten Tag buchstäblich „in die Luft gehen" können und wie Sie sich selbst beruhigen können. Doch manchmal sehnen auch Sie sich als Erwachsener nach dem Verständnis der anderen und nach Vergebung für Ihr Fehlverhalten.

Für Heranwachsende ist das alles Neuland. Wer das Pensum versteht, was Kinder in diesem Alter zu bewältigen haben, der begreift auch, wie gefährdet Jugendliche sind und wie viel Kraft sie brauchen, um die Pubertät erfolgreich zu meistern. Für sie ist es nicht einfach, mit Aggressionen und Stress umzugehen, körperliche Veränderungen zu tolerieren, sich selbst richtig einzuschätzen und auch noch auf die anderen einzugehen. Sie verfügen noch nicht über die Erfahrung der Selbstmediation. Sie müssen erst lernen, wie sie sich beherrschen können, und wie man sich für seine Fehler entschuldigt.

Neben dem Sport bietet das Theater ein breites Übungsfeld. Nicht umsonst sind und waren so viele Jugendliche begeistert von der Welt der Bühne. Hier können sie spielen und sich ausprobieren, agieren und sich darstellen. Hier stehen ihnen viele Kommunikationswege und -weisen offen. Schon in der Vergangenheit war das Theater der Raum der Jugend. Bis in die Antike reichen die begeisterten Beschreibungen, von Goethe bis zu Thomas Mann wurde das Theater besonders in Jugendjahren geschätzt.
In der Pädagogik und in der Psychologie kommt dem Rollenspiel ein hoher Stellenwert zu.

Regen Sie Ihre Kinder zum Spielen an und unterstützen Sie sie, wenn sie sich für Theater und Laienspiel interessieren. Dabei trainieren Jugendliche soziale Kompetenzen und lernen sich und andere besser kennen.

## 7.7 Gemeinsam gegen Autoritäten

Für die Eltern sind Allianzen zwischen Geschwistern eine völlig neue Erfahrung. Die Kinder, sonst entzweit, tun sich zusammen und proben den Aufstand – das ist zumindest eine mögliche Sichtweise. Betrachten Sie die Situation jedoch von der anderen Seite, dann erkennen Sie den großen Fortschritt in der Dynamik der Geschwisterbeziehung. Die Jugendlichen haben zusammengefunden. Es werden gemeinsam Forderungen gestellt. Darüber sollte am Küchentisch gesprochen werden. Zeigen Sie ruhig Ihre Anerkennung, wenn Sie selbst bewusst verstanden haben, welch großer Schritt Ihren Kindern gelungen ist.

Versuchen Sie gleichzeitig konsequent die Basisregeln des Streitens in der Familie aufrechtzuerhalten. In der Regel wird körperliche Gewalt kein Thema sein. Was unter Geschwistern und Eltern vorkommen kann und entwicklungspsychologisch sinnvoll ist, sind Neudefinitionen der Grenzen über körperliche Interaktionen. Die Jugendlichen reagieren hier jedoch wesentlich schneller als jüngere Kinder auf „Stopp!"-Signale und können ihre eigene Kraft besser einschätzen. Wenn Jugendliche sich mit jüngeren Geschwistern balgen, ist höchstens ein Unfall möglich, seltener eine wirkliche Konfrontation.

Der Hintergrund ist die Konsolidierung des eigenen Ichs. Der Jugendliche ist sich jüngeren Geschwistern gegenüber seiner Position bewusst. Er muss sie nicht erst finden oder verteidigen.

Für die Jüngeren ist diese Rangfolge physisch klar. Allein die visuelle Einschätzung, dass der Bruder oder die Schwester größer, schwerer und kräftiger sind, reicht vollkommen aus, um keine physische Gegnerschaft aufkommen zu lassen.

Es kommt vor, dass jüngere Geschwister ihre großen Brüder und Schwestern gegenüber den Eltern verteidigen. Je freier das Klima in der Familie ist, desto mehr Optionen haben die jüngeren Kinder. Sie können sich enger an die Eltern binden und ihre Rolle als Nesthäkchen genießen, oder sie platzieren sich auf der Seite der Großen. Auch für die Älteren kann ein Zusammenschluss mit den Jüngeren von Vorteil sein.

Als Eltern haben Sie folgende Aufgaben:

- die Dynamiken innerhalb der Familie zu beobachten,
- die Basisregeln der Konfliktlösung durchzusetzen,
- darauf zu achten, dass jeder seinen Raum findet und nach seinen individuellen Anlagen gefördert wird,
- Mobbing in der Familie rigoros zu unterbinden.

Allem anderen gegenüber sollten Sie offen sein. Sprechen Sie gemeinsam über die sich verändernden Regeln des Zusammenlebens. Lassen Sie Ihren Kindern so viel Entscheidungsfreiheit wie nötig und möglich, doch achten Sie auch auf die notwendige Integration in das Umfeld und die Notwendigkeit der Anpassung an gesellschaftlich geforderte Normen.

## 7.8 Bedürfniskonflikte

Die Vorstellungen von Eltern und Jugendlichen sind unterschiedlich. Eltern haben die Pflicht innen, ihre Kinder teilweise zu reglementieren. Den Mut dazu sollten Sie aufbringen. Die Konfrontation mit dem Nachwuchs gehört zur Pubertät dazu. Über die Auseinandersetzung definieren sich die Kinder neu, sie erweitern ihre Grenzen und ihren Erfahrungsbereich. Das reicht von Entscheidungen zur Schul- und Ausbildungslaufbahn über den Umgang mit Alkohol bis zur Zeiteinteilung. Viel Konfliktstoff, den Eltern oft noch aus ihrer eigenen Jugend kennen.

Doch hier warten bereits die ersten Herausforderungen: Übertragen Sie nicht Ihre Erfahrungen auf die Situation Ihrer Kinder. Jeder Jugendliche hat ein Recht darauf, als Individuum wahrgenommen zu werden. Seine Situation ist individuell und unterscheidet sich von Ihrer Jugend und Kindheit. Reflektieren Sie daher genau, welche innerlichen Prozesse sich bei Ihnen vollziehen, bevor Sie die Situation Ihres Sohnes oder Ihrer Tochter interpretieren, denn das ist nicht Ihre Aufgabe.

Ihre Position als Eltern unterscheidet sich von Ihrer ehemaligen Position als Teenager. Ihre Kindheit und Ihre Zeit waren eine andere. Heute ist das oft nicht leicht zu akzeptieren, an der Jugendkultur nehmen auch Menschen teil, deren fünfzigstes Lebensjahr bevorsteht. Das jedoch macht es für Jugendliche schwer, sich abzugrenzen, um ihren eigenen Lebensstil zu finden. Jugendliche brauchen natürliche Autoritäten und klare Regeln. Rutschen Eltern aus dieser Position heraus, lehnen sie die Verantwortung ab, wird es für Jugendliche schwierig.

Als Erwachsene stehen Sie vor der Aufgabe, Ihre eigene Position zu bestimmen, sich Ihre Pflicht als Eltern zu verdeutlichen und den schmalen Grat zwischen Autorität und Macht ohne Herrschaftsanspruch zu beschreiten. Nur so bieten Sie dem Jugendlichen Freiheit und Halt zugleich. Sie lassen ihm die angemessenen Entscheidungsmöglichkeiten, schränken jedoch ein, wo es gefährlich wird oder rechtliche Konsequenzen zu erwarten sind.

Ihre Form der Kommunikation führt im besten Falle zu einer positiven Kooperation des Jugendlichen. Dieser Chance berauben Sie sich und das Kind, wenn Sie inkonsequent handeln. Schulische Leistungen werden individuell als mehr oder weniger wichtig bewertet. Einem intelligenten jungen Mann oder einer taffen jungen Frau können Sie das Potenzial zugestehen, eigene Entscheidungen zu treffen. Aus schlechten Schülern werden nicht zwingend Berufsversager. Wichtig ist, dass Sie Ihr Kind kennen und ihm Möglichkeiten und Aufgaben bieten, an denen es wachsen kann. Wer bereits in einer IT-Firma arbeitet, wird seinen Weg gehen, auch wenn die Schulnoten dies nicht spiegeln. Wer sich bereits in einen Pferdehof aktiv einbringt, kann hier seine Profession finden und ausbauen.

Manche Kinder entwickeln über die Praxis neues Interesse an der Schule, andere finden ihren ganz eigenen Weg.

Der Streit in der Familie verlagert sich auf andere Ebenen und wird anders geführt. Ängstigen Sie Ihr Kind nicht mit Szenarien des Versagens, spielen Sie die Geschwister nicht gegeneinander aus. Jüngere haben oft bessere Noten als Ihre älteren Geschwister, doch sie befinden sich auch in einer ganz anderen Lebensphase.

Ebenso ist es mit den Ausgehzeiten. Thematisieren Sie Ihre Haltung, doch hören Sie dem Heranwachsenden ebenso aufmerksam zu. Beobachten Sie Ihr Kind und seinen Kreis. Machen Sie ihn nicht zum Außenseiter und begeben Sie sich nicht in die Rolle des Erpressers, indem Sie Schulnoten und Ausgehzeiten miteinander assoziieren, wenn diese ursächlich nichts miteinander zu tun haben. Ganz im Gegenteil: Ein Jugendlicher, der frustriert am Schreibtisch sitzt, wird weniger lernen als jemand, der die Möglichkeit hat, in einem bestimmten Rahmen seine Freiheiten auszuleben.

## 7.9 Ineffektive Kommunikation

Kann es ineffektive Kommunikation in der Familie geben und welche Bedeutung hat sie für das Verhältnis der Familienmitglieder zueinander? Missverständnisse kommen auch innerhalb der Familie vor. Sind sie jedoch an der Tagesordnung, sollte definitiv an der Kommunikation gearbeitet werden. Mitunter ist es sogar gut, sich Hilfe von außen zu holen.

Missverständnisse können nebensächlich, Ursachen für Missstände oder Anlässe zum Streit sein. Das Spektrum reicht von Zuschreibungen und Einschätzungen bis zu Bitten und Anweisungen. Ein missverständlich formulierter Auftrag wird falsch oder gar nicht ausgeführt. Daraus resultieren Beschuldigungen und Kränkungen auf der Beziehungsebene.

Wie kommuniziert man effektiv? Wie können Sie feststellen, ob das, was Sie meinen, auch bei Ihrem Kind angekommen ist? In den Basisregeln zum Streiten haben Sie bereits einiges etabliert, was die Kommunikation in Ihrer Familie erheblich erleichtert:

1. Jeder spricht nur, wenn er dran ist.
2. Jeder darf aussprechen, ohne unterbrochen zu werden.
3. Gewalt und Herabsetzung sind tabu.
4. Es gibt keinen Ausschluss aus der Gemeinschaft.

Diese vier Punkte ermöglichen in Ihrer Familie eine angstfreie Kommunikation. Niemand muss sich fürchten, jeder wird respektiert.

Effektive Kommunikation ist, wenn Sie mit geringem Aufwand Ihre Information an Ihren Heranwachsenden senden und verstanden werden.

Dazu ist es wichtig, für sich zu überlegen, was man eigentlich sagen will. Wenn Sie Ihren Sohn um einen Einkauf bitten wollen und mit einer Suada über sein schlechtes Benehmen beginnen, wird die Botschaft nur zum Teil ankommen. Ihr Sohn konzentriert sich auf die Einleitung und schaltet den Verteidigungsmodus ein.

Formulieren Sie Aufträge klar und unmissverständlich. Vermischen Sie Emotions- und Sachebene nicht, sondern konzentrieren Sie sich wertungsfrei auf die Bitte.

Äußern Sie eine Bitte oder formulieren Sie Ihren Auftrag als Frage, hat Ihr Sohn oder Ihre Tochter das Recht, „Nein“ zu sagen. Überlegen Sie, wie Sie sich selbst fühlen, wenn Sie gefragt werden und Ihnen Ihr „Nein“ übelgenommen wird.

Haben Sie Mut zu Anweisungen und Aufgabenverteilungen, wenn diese notwendig sind.

Die Aufgabe, beim Bäcker ein Brot zu holen, ist durchaus gerechtfertigt und kann unmissverständlich formuliert und begründet werden.

Spiegeln Sie die Antworten Ihres Heranwachsenden, indem sie sie mit eigenen Worten wiederholen, um zu prüfen, ob Sie ihn richtig verstanden haben. Etablieren Sie diese Technik in der häuslichen Kommunikation. Damit werden viele Missverständnisse sofort ausgeschlossen.

Was bedeuten diese Techniken nun für den Geschwisterstreit? Indem Sie effektive Formen der Kommunikation einführen, verringert sich die Gefahr auftretender Missverständnisse. Sie erreichen damit, dass Ihre Kinder genauer hinhören und sich reibungsloser miteinander verständigen können. Somit entfallen viele Streitanlässe und die Beziehung zwischen den Geschwistern gestaltet sich harmonischer.

## 7.10 Alternative Familienrat

Jugendliche in der Pubertät sitzen oft zwischen zwei Stühlen. Sie wünschen sich Freiheit und brauchen gleichzeitig noch das Elternhaus und die Schule. Sie wollen entscheiden und ernst genommen werden, sind aber auch noch unerfahren. Wie hilft man in dieser Situation am besten? Eine kleine Bedarfsanalyse erstellen Sie anhand der Beobachtung Ihres Kindes. Damit ist nicht gemeint, dass Sie spionieren und überwachen sollen, doch behalten Sie Ihr Kind im Blick. Achten Sie in dieser sensiblen Zeit auf Wesensveränderungen, die durch Mobbing, Zweifel oder Drogen hervorgerufen werden können.

Was Ihr Heranwachsender jetzt vor allem braucht, sind Unterstützung, Liebe und Vertrauen. Wie helfen Sie ihm am besten, seine Bedürfnisse zu artikulieren und seine Wünsche umzusetzen? Das schaffen Sie durch konstruktive Formen der Auseinandersetzung und indem Sie sich alle zusammensetzen. Ein Familienrat sollte kein Tribunal sein, sondern die Möglichkeit zum Austausch und lösungsorientierten Streiten bieten.

Hier finden Sie den Raum, um Regeln neu zu diskutieren. Hier kann aus dem Geschwisterstreit eine konstruktive Diskussion werden, die allen hilft. Hier erwerben die Kinder soziale Kompetenzen, die sie ein Leben lang nutzen können. Die Basisregeln bieten eine gute Orientierung, um zum einen die eigenen Impulse zu kontrollieren, und zum anderen Mitmenschen nicht zu verletzen. Methoden wie die Visualisierung oder das Durchspielen möglicher Szenarien können sich später auch im Berufsleben als hilfreich erweisen oder privat zur Entscheidungsfindung genutzt werden.

Im Familienrat erleben die Jugendlichen Gleichstellung und erfahren ebenso, dass sie sich integrieren müssen. Sie lernen, bewusst mit Regeln umzugehen und dazu beizutragen, dass Regeln auch in ihrem Sinne positiv verändert werden können. Beachten Sie auch im Umgang mit Jugendlichen stets, dass Sie die Eltern sind und damit in einer Position, die Sie zu Schutz und Erziehung verpflichtet, doch lernen Sie auch, nach und nach loszulassen. Hat es mit den Ausgehzeiten bis 21 Uhr geklappt, spricht nichts dagegen, die Zeit eine halbe Stunde zu verlängern. Wird ein bestimmtes Kleidungsstück gewünscht oder sollen Fahrstunden bezahlt werden, kann man einen Sparplan erstellen, bei dem der vom Jugendlichen ersparte oder erarbeitete Anteil jeweils durch die Eltern ergänzt wird.

Diese konstruktive Herangehensweise überträgt sich auch auf den Geschwisterstreit.

# 8. Konflikte erfolgreich beilegen

## 8.1 Kommunikation ist alles

Geschwisterstreit während des Heranwachsens kann Eltern und Kinder belasten oder zum Anlass wichtiger Erfahrungen werden. Während jüngere Kinder sich ausprobieren und auch körperlich das Setzen von Grenzen erlernen, haben Grundschüler schon die Fähigkeit, Kommunikationsformen einzusetzen, die zu Lösungen für alle führen, und Pubertierende verfügen wiederum bereits aktiv über Methoden und Strategien zur erfolgreichen Konfliktbewältigung.
Wer so aufwächst, ist auch als Erwachsener dazu in der Lage, lösungsorientierte Gespräche mit seinen Geschwistern zu führen und eine tragfähige Beziehung zu seiner Familie zu erhalten.

Wie wichtig das sein kann, zeigt sich in Äußerungen zur eigenen Zufriedenheit und zur Lebensqualität im Erwachsenenalter. Vielen ist eine positive Familienbindung nicht gegeben, was sie am gesellschaftlichen, beruflichen und privaten Vorwärtskommen hindert. Diese Menschen sind innerlich blockiert. Untersuchungen haben gezeigt, dass Menschen, die von ihren Familien getragen in einem Umfeld aufwachsen, das sie als Individuen anerkennt und unterstützt, erfolgreicher und glücklicher sind als Menschen, denen diese Erfahrungen fehlen.

Aktives Zuhören, verbale Wertschätzung, Empathie und Lösungsorientiertheit bilden eine gute Basis für das Zusammenleben in der Familie und die spätere individuelle Entwicklung der Kinder. Gewaltfreie Kommunikation schafft Freiräume und Entfaltungsmöglichkeiten. Besonnenheit, Geduld und Vorbildwirkung sind der Schlüssel zu einer Familienatmosphäre, in der sich Beziehungen positiv gestalten lassen.

Dabei stehen immer die individuellen Prozesse innerhalb einer Familie im Fokus. Es sind die kleinen Schritte, die zu Veränderungen führen. Die Eltern bringen ihre Kindheitsgeschichte und ihre Kommunikationserfahrungen ein. Allerdings sind diese nicht immer positiv und entsprechen auch nicht zwingend den Basisregeln einer lösungsorientierten Familienkommunikation. Um sich den Wunsch nach Harmonie zu erfüllen, müssen Verhaltensweisen verändert werden. Diese Arbeit muss zunächst von den Eltern geleistet werden. Sie müssen Ihre Vergangenheit aufarbeiten, Ihr eigenes Verhalten analysieren und die Kommunikation mit Ihrem Partner entsprechend anpassen, wenn Sie als Vorbild für Ihre Kinder und das Geschwisterverhältnis dienen möchten.

Doch überfordern Sie sich dabei nicht und erzeugen Sie weder sich selbst noch Ihrem Partner gegenüber Druck. Diese Veränderungen sind nicht leicht und sie können nur Schritt für Schritt erfolgen. Dazu können Sie sich selbst motivieren, indem Sie sich kleine Aufgaben stellen oder Vereinbarungen treffen und diese über einen bestimmten Zeitraum einhalten. Bei Erfolg erweitern Sie den Modus positiver Kommunikation. Notieren Sie Ihre Erfolge und arbeiten Sie an Ihren Niederlagen. Sie werden merken, wie bereits das Erkennen von und der Wunsch nach einer wertschätzenden, lösungsorientierten Kommunikation Ihr Familienleben und das Verhältnis der Geschwister untereinander beeinflusst.

## 8.2 Erziehung zur Friedfertigkeit, Erziehung zum erfolgreichen Streiten

Gewaltfreiheit ist ein wichtiges Kriterium, damit sich Kinder in der Familie sicher, geborgen und wohl fühlen. Eltern sollten körperliche und verbale Gewaltfreiheit vorleben. Sie sollten zeigen, wie man im Alltag positiv miteinander umgeht und Konflikte konstruktiv und gewaltfrei löst. Das ist nicht selbstverständlich, denn die eigene Geschichte ist oftmals durch Gewalt geprägt. Erst seit dem Ende des zwanzigsten Jahrhunderts sind die Dimensionen gewaltbelasteter Kommunikation ins Bewusstsein gerückt und zu zentralen Themen in der Erziehung geworden. Eltern müssen also zunächst an sich selbst arbeiten und ihre eigenen Umgangsformen überprüfen.

Bestimmt haben Sie bereits in Ihrer Ausbildung und im Beruf Formen gewaltfreier Kommunikation vermittelt bekommen. Wenn Sie diese Methoden und Strategien überdenken und verinnerlichen, haben Sie auch einen guten Ansatz für die Verbesserung Ihrer Kommunikation in der Familie. Beginnen Sie kreativ mit Ihrem eigenen Wissen umzugehen und werden Sie als Eltern zu Experten in eigener Sache.

Der friedliche Umgang als Paar ändert nichts daran, dass Kinder Streit zur Entwicklung benötigen. Ersticken Sie die Kommunikation Ihrer Kinder nicht mit einem rosaroten Mantel, sondern betrachten Sie Geschwisterstreit entwicklungsspezifisch. Kinder, die sich im Sandkasten um ein Förmchen streiten, probieren etwas aus und lernen zu kommunizieren. Kleine Kinder müssen ihre Umwelt im wahrsten Sinne des Wortes „begreifen". Das erleben auch Erwachsene auf schmerzhafte Weise. Dahinter steckt jedoch kein böser Wille. Setzen Sie selbst konsequent und liebevoll Grenzen, wenn Sie gekniffen werden. Bleiben Sie dabei authentisch, doch werden Sie nicht böse auf ein Wesen, das seine Kraft noch gar nicht einschätzen kann und rein intuitiv und impulsiv handelt. Ihr Vorbild einer klaren, freundlich ernsten Grenzsetzung überträgt sich allmählich auf das Verhalten der Geschwister. Das „Stopp!"-Sagen kann im Sandkasten beginnen, doch es klappt noch nicht gleich.

Kinder brauchen Zeit, um Erfahrungen zu sammeln und zu lernen. Kinder brauchen auch Zeit, um Frieden aufrechtzuerhalten und freundlich miteinander umzugehen. Das ist ein Prozess, der gerade erst einsetzt. Sie selbst haben zwanzig, dreißig Jahre Vorsprung. Ihr Kind ist gerade einmal zwei oder drei Jahre alt. Gehen Sie also nicht von sich aus, sondern lassen Sie Ihren Geschwisterkindern Zeit, sich selbst und einen Bezug zum anderen zu finden.

## 8.3 Anleitung zur Wertschätzung

Jeder hat es schon erlebt: Pessimismus ist mitnichten realistisch, sondern führt zu Demotivation und Misserfolg. Er ist schlichtweg nicht zielführend. Ebenso ist ein Abwerten der Persönlichkeit nicht sinnvoll, sondern zieht Demotivation, Aggression nach innen und außen, Trotz und Ohnmacht nach sich. Das Kind wird zu dem, was das Etikett ihm vorschreibt. Die Eltern deklarieren ein Kind als Störenfried. Bei jedem Streit hat es bereits schlechte Karten, denn die Eltern erhalten ihr Schubladendenken aufrecht. So entwickelt sich der vermeintliche Störenfried zum tatsächlichen Störenfried.

Die negative Beurteilung wird oft als Realismus dargestellt. Schließlich weiß man ganz genau, wer „schuld" ist, man hat es ja gesehen. Kaum ein Erwachsener nimmt sich die Zeit, um zu überprüfen, was er tatsächlich gesehen hat, oder was er glaubt, gesehen zu haben. Aus dem Beurteilen einer Situation wird schnell ein Vorverurteilen. Damit setzen Erwachsene eine unglückselige Spirale in Gang, die sich vom Kleinkindalter über die Kindergartenjahre bis zur Schulzeit hinziehen kann.

Was passiert bei authentischer Wertschätzung? Sie unterstützen die Ausbildung der Ich-Stärke Ihrer Kinder und setzen positive Impulse. Es geht nicht darum, einen kleinen Angreifer zu loben. Niemand freut sich, wenn das Kleinkind zukneift oder -beißt. Hier wird konsequent, bestimmt und mit einem angemessenen Gesichtsausdruck eine klare Grenze gezogen. Doch bei dieser Grenzsetzung sollten Sie es auch belassen. Kommen Sie nicht immer wieder darauf zurück, dass Ihr Kind gebissen hat. Es ist geklärt. Sie haben die Grenze gezogen und werden Sie erneut ganz klar und unmissverständlich ziehen, sollte es wieder passieren.

Doch fokussieren Sie sich nicht auf das Negative, sondern loben Sie positive Ansätze. Freuen Sie sich über das Spiel der Kinder, sprechen Sie achtungsvoll und wertschätzend mit ihnen und sagen Sie, was Ihnen gefällt. In manchen Familien gibt es das Ritual, am Abend zu erzählen, was das Schönste am Tag war. Die Kinder werden dabei nicht nur zum Erzählen animiert, sondern sie bekommen auch ein Gefühl für das Motivierende schöner Dinge, die einem im Leben begegnen. Diese positive Kraft können Sie nutzen, wenn Sie Kinder in der Rede bestätigen und ihnen so zeigen, dass Sie zugehört haben, mitfühlen und das Verhalten Ihrer Kinder gutheißen.

## 8.4 Gegenseitige Annahme

Wer mit sich selbst im Reinen ist, dem fällt es leichter, andere anzunehmen, ohne sie als Objekte zu sehen, die man verändern sollte. Die gegenseitige Annahme in der Familie ist das Fundament eines harmonischen Zusammenlebens. Sie bedeutet, den anderen als Individuum, als agierendes Subjekt zu sehen. Jedes Kind ist einmalig und das ist es wirklich. Sie sollten nicht versuchen, es nach Normen oder Patentrezepten zu verändern. Das führt lediglich zu Schmerz, Frustration und Streit.

Schon das Elternpaar wird mit solchen Konflikten zu kämpfen haben. Wie schnell wünschen wir uns den Partner ganz anders? Müsste er nicht so oder so reagieren? Müsste er nicht aktiver, schneller, schöner sein? Es fällt nicht leicht, den anderen genauso zu akzeptieren, wie er ist. Daran sollten Eltern arbeiten, die sich eine langfristige, erfüllte Beziehung als Basis ihrer Familie wünschen. Der Wandel beginnt bei einem selbst. Man sollte sich fragen, was man eigentlich möchte und was man sich wünscht. So verschiebt sich langsam der eigene Blick.

Auf den Geschwisterstreit bezogen, bedeutet das wiederum, dass Kinder nach ihren Eltern schauen. Erleben und spüren sie die Disharmonie, die von einer ewig nörgelnden Mutter ausgeht, wird ihnen die Missachtung bewusst, die der Vater gegenüber der Mutter äußert, schafft das Unsicherheit, die zu Wut, Aggression oder Ohnmacht führen kann.

Annahme und achtsames Verhalten entwickeln sich aus der Vorbildwirkung der Eltern und den Erfahrungen, die ein Kind mit der Annahme seiner selbst und dem Klima in der Familie macht. Wer sich bedingungslos geliebt weiß, fühlt sich sicher, aufgehoben und geborgen. Er muss keine Angst haben, er muss nichts festhalten oder mit jemandem konkurrieren, er kann frei agieren und Beziehungen aufbauen. In anderen sieht er keine Feinde oder Angreifer, sondern Subjekte, mit denen er interagieren kann.

Doch auch hier gilt wiederum, dass die Entwicklungsphasen beachtet werden müssen. Kleinere Kinder greifen nicht zu, weil sie im anderen kein Subjekt sehen, sondern handeln vollkommen spontan und haben gar keinen Begriff von anderen Wesen. Diesen erlernen sie erst, indem sie zugreifen. Ältere Kinder hingegen werden umso leichter andere anerkennen und respektieren, wenn sie selbst in ihrer Subjektivität geachtet werden.

## 8.5 Prägungen gemeinsamer Kindheit

Viele Geschwisterkinder berichten als Erwachsene von Demütigungen und Konkurrenz, die ihre Kindheit bestimmten. Das Idealbild der heilen Familie zeigte deutliche Risse. Der äußere Schein und die innere Welt befanden sich nicht selten im Kontrast zueinander. So entstehen Wunden, die nur schwer heilen und einen ein Leben lang belasten können. Natürliche Mechanismen wie Verdrängung und Kompensation helfen dem Individuum zu überstehen und zu überleben. Gleichzeitig entstehen jedoch Panzerungen, Abwehrhaltungen und Muster, die die neuen Beziehungen prägen, wiederum das Familienleben dominieren und somit auch bestimmend für die nachfolgende Generation wirken.

Wer es als Erwachsener schafft, in seiner Familie durch gewaltfreie Kommunikation, Lösungsorientiertheit und gegenseitige Wertschätzung ein Klima zu installieren, in dem sich jeder als Individuum wahrgenommen und vorbehaltlos angenommen fühlt, der bietet seinen Kindern eine gute Grundlage, gemeinsam aufzuwachsen und Geschwisterstreit als temporär, vor allem aber als hilfreiche Lektion zu erleben. Damit bekommt er eine völlig andere Dimension. Er bleibt nicht bestehen, ist nicht Ausdruck von Konkurrenzverhalten oder Ausgrenzung, sondern Raum des Ausprobierens, der Grenzziehung, und bildet bloß eine temporäre Etappe ab.

Natürlich gibt es auch Konfliktsituationen unter erwachsenen Geschwistern, doch wenn diese in ihrer Kindheit gelernt haben, Streit als Ringen um eine gemeinsame Lösung zu begreifen und dabei die Basisregeln einer friedlichen Kommunikation zu beherzigen, dann bestehen gute Chancen, dass nachhaltig entzweiende Kämpfe und Verletzungen ausbleiben.

Wie schaffen Sie es als Erwachsener, diesen Kreis zu durchbrechen und Ihren eigenen Kindern ein freies Aufwachsen zu ermöglichen? Hier muss die Auseinandersetzung mit der eigenen Biografie einsetzen. Damit kann es nicht nur in der Familie zu einer Verbesserung des Klimas kommen, sondern auch das Verhältnis zu den eigenen Geschwistern kann gestärkt werden. Wer Vergangenes für sich abschließt, trägt zur eigenen Heilung bei und öffnet sich für Gegenwart und Zukunft. Der Fokus Ihrer Gedanken sollte nicht im Vergangenen liegen, sondern im Hier und Jetzt. Das Abschließen mit dem Gestern muss nicht in einer kriminalistischen Aufklärung der Verhältnisse liegen, sondern im Bewusstsein, dass das Vergangene keine Macht mehr über einen haben soll und dass man selbst bereit ist, seine eigenen Kommunikationsformen zu ändern.

## 8.6 Wir sind Familie

Kinder brauchen das Gefühl der Sicherheit, um selbst Sicherheit entwickeln und geben zu können. Die Geborgenheit in einer Familie ist die Basis für zukünftige freie Entscheidungen. Kinder, die Unstetigkeit erfahren und sich nicht auf ihre Eltern verlassen können, entwickeln Ängste und das Bedürfnis, allein für ihren eigenen Schutz sorgen zu müssen. Gleichzeitig fühlen sie sich nicht zur Verantwortung verpflichtet. Sie haben selbst erfahren, dass man auf Bindungen nicht vertrauen kann, dass Verbindlichkeiten nicht existieren.

Am günstigsten ist eine stabile Partnerschaft, in der Eltern sich gegenseitig unterstützen und den Kindern so einen sicheren Beziehungsraum bieten. Sie haben so die besten Chancen, äußere Herausforderungen zu überstehen und gemeinsam Lösungswege zu erarbeiten. Wer heute keinen stabilen finanziellen Hintergrund hat, muss mit Verunsicherungen leben. Diese wirken sich definitiv negativ auf Kinder aus. Aufgefangen und ausgeglichen werden sie nur durch die feste Bindung zwischen den Eltern und der Gewissheit, dass diese ihr Bestes geben.

Die Kinder erfahren, dass man nicht verlassen wird und gemeinsam Aufgaben löst. Das Gefühl von Verbindlichkeit macht sie stark und selbstsicher. Eltern, die sich trennen, sollten dafür sorgen, dass Kinder dennoch spüren, dass gemeinsam für sie gesorgt wird, dass beide Erwachsene für sie da sind. Das ist schwierig, wenn man nicht mehr gemeinsam wohnt, wenn allein schon der Alltag von einem Erwachsenen allein bewältigt werden muss. Hier kommt es zu Spannungen, die sonst gemeinsam aufgefangen und ausgeglichen werden. Nun muss das einer allein aushalten und abbauen.

In Ein-Eltern-Familien sollte der verantwortliche Erwachsene für Ausgleich und Entspannung sorgen, damit er seine Aufgaben innerhalb der Familie auf lange Distanz bewältigen kann. Das ist elementar wichtig, um wirklich für die Kinder da zu sein. Zeiten der Reflexion sind notwendig, um sich zu vergewissern und Kraft zu schöpfen. Die Arbeit an sich selbst gewinnt ganz andere Dimensionen. Auch hier sollten Sie nicht verzweifeln und mit der Vergangenheit hadern. Wenn Sie allein sind, akzeptieren Sie diesen Zustand zunächst für sich und schauen Sie sich Ihre Aufgaben an. Was muss wann getan werden? Wie organisieren Sie den Alltag und Zeit für sich selbst?

Lassen Sie vor allem regelmäßig Ihre Erfolge Revue passieren: Sie haben einen neuen Job bekommen? Das ist anerkennenswert und großartig. Loben und belohnen Sie sich selbst und machen Sie sich eine Freude. Sie haben einen bestimmten Betrag gespart? Großartig! Setzen Sie sich Ziele und verlieren Sie sich nicht im Tagesstress. Sparen Sie auf einen Urlaub oder legen Sie Geld für einen Garten zurück. Zeigen Sie Ihren Kindern, dass man sich Wünsche erfüllen kann und wie man das gemeinsam schafft. Ihre Kinder ersetzen nicht einen erwachsenen Partner, aber altersgerecht können Sie Ihnen den Stolz und die Geborgenheit einer Familie vermitteln.

## 8.7 Problemlösung ohne Sieger

Ein Konflikt entsteht, wenn Interessen sich gegenüberstehen und sich zunächst nicht vereinen lassen. Man kann Konflikte lösen, indem man autoritär und hierarchisch entscheidet. Damit bestimmt der Erwachsene über den Kopf des Kindes hinweg und klärt die Situation. Je nach Lage kann das sinnvoll sein. Im Straßenverkehr, in einer Notsituation oder in einem altersgemäß nicht überschaubaren Moment ist der Eingriff des Erwachsenen lebensnotwendig, auch wenn die Meinung des Kindes nicht erfragt wird: Wer in den offenen Straßenverkehr hineinläuft, wird aufgehalten. Wer einen heißen Topf vom Herd ziehen will, wird zurückgehalten. Wer sich schnell nahe an den Poolrand bewegt, wird gestoppt.

In Situationen, die sich anders entscheiden ließen, ist dieses elterliche Verhalten nicht sinnvoll, denn das Kind erlebt sich als Unterlegener. Es wurde besiegt.

Weigert sich das Kind beharrlich, die Gummibärchentüte aufzugeben, und gibt der Erwachsene schließlich nach, hat das Kind gesiegt.

Diese Art von Auseinandersetzung endet immer wie in einem Krieg mit Siegern und Besiegten. Wird diese Art des Streitens zur Regel, prägt sich genau das Muster vom Siegen und Besiegen ein.

Doch Konflikte lassen sich auch ohne Sieger beilegen, indem Sie gemeinsam mit den Kindern nach Lösungen suchen. Dabei geht es um die Bedürfnisse jedes einzelnen und den achtsamen Umgang mit seinen Emotionen und Wünschen. Kann ein Kind nicht einschlafen, hat es vielleicht einen Kummer oder fühlt sich ausgeschlossen. Das kann man mit dem Kind besprechen und dabei erklären, dass man sich Sorgen macht, dass es zu wenig Schlaf bekommt. Vielleicht schläft das Kind mit einem Musikstück leichter ein oder mit einer Geschichte. Sie können erfragen, wann es besonders gut schlafen konnte oder was es braucht, um besser einschlafen zu können. Das Ergebnis notieren Sie oder malen es auf und hängen es an den Kühlschrank, an die Kinderzimmertür oder einen anderen Ort, an dem man es gut sehen kann. Bei dieser Herangehensweise gibt es keinen Sieger und keinen Verlierer.

Diese Art der Konfliktlösung kann geübt und auf den Geschwisterstreit übertragen werden. So ergeben sich Varianten, die zu einer Lösung führen, die die Ich-Kräfte des Einzelnen stärken und die gleichzeitig die Familienbindung kräftigen.

## 8.8 ZUHÖREN STATT AUFBRAUSEN

Aktives Zuhören ist eine zentrale Säule der lösungsorientierten Kommunikation. Es bedeutet, sich tatsächlich auf den anderen zu konzentrieren, ihn ohne Unterbrechung ausreden zu lassen, ihn tatsächlich zu verstehen und ihm dies auch zu signalisieren. Wiederholen Sie dazu wertfrei die Worte Ihres Kindes und fragen Sie nach, ob Sie Ihr Kind richtig verstanden haben. Wichtig ist, dass Sie selbst an einer Lösung interessiert sind.

Sind Sie als Eltern nicht lösungsorientiert, sondern lassen andere Emotionen die Oberhand gewinnen, wird die Methode des aktiven Zuhörens nicht funktionieren. Mit einem ironischen oder sarkastischen Unterton in der Stimme brauchen Sie nicht nachzufragen. Sie haben Ihre Macht bereits gezeigt. Verziehen Sie abwertend das Gesicht, weiß Ihr Kind bereits, dass Sie es nicht erst nehmen.

Geben Sie dem Kind und sich selbst jedoch eine Chance, ist aktives Zuhören der erste Schritt zur gemeinsamen Lösung. Kinder im Grundschulalter können bereits ein Gefühl dafür bekommen, was es bedeutet, den anderen zu verstehen, indem sie das Aussprechenlassen üben. Erst später sind Heranwachsende selbst in der Lage, aktiv zuzuhören. Sie erwerben diese Fähigkeit auch durch Sie und die von Ihnen etablierte Kommunikationsweise in der Familie.

Geschwisterstreit kann im Kleinkindalter nicht durch aktives Zuhören in eine Lösungsfindung münden. Die Kinder haben gar nicht die Möglichkeiten, sich in dieser Weise zu artikulieren. Grundschulkinder, die gelernt haben, sich gegenseitig zu akzeptieren und gewaltfrei zu kommunizieren, sind schon sehr weit fortgeschritten auf dem Weg zu einem konstruktiven Streiten. Für Heranwachsende ist das aktive Zuhören eine gute Möglichkeit, wirkliche Gespräche zu führen und Konflikte als Chance zur Veränderung zu sehen, sodass keine Herrschaftsbekundungen und Aggressionen notwendig sind.

## 8.9 Gibt es Effizienz in der Beziehungsarbeit?

Effizienz und Beziehungen werden in der Regel nicht zusammengedacht. Effizienz wird als Begriff betriebstechnischen und wirtschaftlichen Abläufen zugeordnet, Beziehungen werden emotional besetzt. Emotionale Entscheidungen haben oft einen Bonus – sie müssen nicht begründet werden. Doch wer einmal wirklich über Familie nachdenkt, der stellt fest, dass er allein mit Emotionen nicht weit kommt. Konflikte lassen sich mit Entscheidungen, die allein aus Emotionen heraus getroffen werden, oft schlecht beilegen.

Jede vierte Ehe in Deutschland wird geschieden, viele Kinder wachsen unter der Aufsicht alleinerziehender Eltern oder in wechselnden Beziehungen auf. Sie erleben ihr Zuhause nicht selten als fragil. Viele Belastungen werden an die Jüngsten weitergegeben und prägen ihr Heranwachsen. Die Liebesheirat hat sich erst im neunzehnten Jahrhundert etabliert. Selbst damals wurden viele Ehen noch arrangiert und aus wirtschaftlichen Gesichtspunkten geknüpft. Mit der Liebesheirat nahmen die Wahlmöglichkeiten zu. Jetzt scheint es vielen, als gäbe es eine weitere Steigerung.

Die schnelle Entscheidung für oder gegen einen Partner wird emotional begründet. Bei der Gründung einer Familie sollte sich der rationale Spielraum erweitern. Verantwortungsbewusstsein hat etwas mit der bewussten Übernahme von Pflichten zu tun. Emotional würde man sich oft gegen vieles entscheiden oder alles allein bestimmen und ordnen wollen. Effizienz in der Beziehung bedeutet, dass zusammen nach Lösungsmöglichkeiten gesucht wird, die sich für alle als tragbar erweisen. Wenn Sie lernen, Familie als systemisches Gebilde anzusehen, in dem ein jeder mit den anderen in Beziehung steht und von ihnen beeinflusst wird, dann werden Sie den Begriff der Effizienz als ebenso sinnvoll empfinden. Auch in Ihrer Familie geht es um Ressourcen, um Verteilung, um Energie und Aufgaben.

Wenn Sie sich ineffizient verhalten, werden Sie emotionale Schäden davontragen und diese weitergeben. Verhalten Sie sich konstruktiv und lösungsorientiert beim Verteilen der Aufgaben und bei der Klärung von Konflikten, dann haben Sie gute Chancen, eine ausgewogene Beziehung zu führen und ein liebevolles Familienklima zu schaffen.

Geben Sie Herausforderungen zu viel Zeit, Raum und Aufmerksamkeit, so vergiften Sie das Klima und schaffen eine negative Familienatmosphäre. Betrachten Sie Fakten rational und finden Sie effiziente Lösungen, sorgen Sie für ein Klima, in dem sich jedes Familienmitglied wohlfühlt. Ebenso verhält es sich beim Geschwisterstreit.

## 8.10 Gemeinsam lösungsorientiert handeln

Bewerten Sie Geschwisterstreit nicht über, sondern betrachten Sie ihn jeweils altersgemäß und auch als Chance für Wachstums- und Lernprozesse. Versuchen Sie, die Kompetenz Ihrer Kinder anzuerkennen und selbst zu begreifen, was sich bei einem Geschwisterstreit abspielt. Sehen Sie vor allem auch sich selbst als Eltern in diesem Prozess. Ihre eigene Streitkultur und Herangehensweise an Konflikte wird das Leben Ihrer Kinder entscheidend beeinflussen. Daher ist es sinnvoll, sich selbst immer wieder zu hinterfragen und gegebenenfalls zu verbessern.

Sie selbst werden für Ihre Kinder zum Vorbild. Sie geben das Muster, also quasi die Vorlage für den Umgang miteinander ab. Wenn Sie Ihre Kinder als Individuen ansehen, die zu lebensfrohen, konstruktiv denkenden Menschen heranwachsen wollen, dann unterstützen Sie sie mit viel liebevoller Konsequenz und mit noch mehr Fantasie und Offenheit.

Bieten Sie Ihren Kindern den Schutz einer Familie und fördern Sie so ihr Selbstbewusstsein, ihre Ich-Stärke und ihre Eigenständigkeit. Ihre Kinder vertrauen Ihnen – vertrauen Sie auch Ihren Kindern, jedoch ohne sie zu überfordern.

Lassen Sie sich jeden Tag neu gemeinsam als Eltern und Kinder auf das Abenteuer Familie ein und steuern Sie Ihr Schiff durch alle Untiefen, um alle Klippen und Eisberge herum. Sie werden manchmal Fahrt aufnehmen und auch Flauten erleben. Sie werden jede Menge Mut brauchen, wenn es zwischen den Kindern einmal wieder hochhergeht, doch Sie haben auch alle Möglichkeiten, um zusammen Erfahrungen zu sammeln und gemeinsam Ihr Schiff auf Kurs zu halten. Mit Respekt, Achtsamkeit und einer lösungsorientierten Kommunikation wird es Ihnen gelingen.

Lieber Leser/in,
hat dir das Buch gefallen?
Dann schreib uns doch gerne eine Rezension.

Vielen, herzlichen Dank

Deutschsprachige Erstausgabe Juni 2020


GAMA-Verlag
Martin Garber
Lommatzscherstr. 40
04741 Rosswein
mebook2112@gmail.com

Covergestaltung und Satz: Wolkenart -
Marie-Katharina Wölk, www.wolkenart.com

1. Auflage
ISBN: 978-3-00-065998-0

Printed in Germany
by Amazon Distribution
GmbH, Leipzig

19195716R00092